Johanna Kierberg

***

Von Autos und Menschen

Roman

Igel-Verlag
werkstatt

Kierberg, Johanna

Von Autos und Menschen

Roman

1. Auflage 2008 | ISBN: 978-3-86815-009-4

© Igel Verlag GmbH 2008, Hamburg
(www.igelverlag.com). Alle Rechte vorbehalten.

Die Deutsche Bibliothek verzeichnet diesen Titel in der Deutschen Nationalbibliografie. Bibliografische Daten sind unter http://dnb.ddb.de verfügbar.

Dies ist ein Roman.

Nichts an diesem Buch ist wahr, vielleicht mit Ausnahme der besonderen Verhaltensweisen von Automobilfachverkäufern in schwierigen Zeiten.

1

Sie war noch nie gerne ins Bett gegangen, damals nicht und seitdem erst recht nicht.

Den ganzen Tag war sie mit ihren Geschwistern im Lager eingesperrt, Papa hatte ihr verboten, das Gelände zu verlassen. An den betrunkenen riesengroßen Männern mit den Knüppeln kam sie sowieso nicht vorbei. Sie wusste nicht, was die von ihr wollten, schließlich war sie erst vier Jahre alt, aber sie kannte es auch nicht anders. Zu Hause war es ja genauso gewesen. Irgendwie war es normal, dass niemand sie und ihre Familie leiden konnte.

Papa hatte voller Begeisterung davon geredet, dass in Deutschland alles ganz anders würde, das wäre ein tolles, reiches Land voller netter Menschen, die ihnen helfen würden, da würde er arbeiten können und sie sollten eine richtige Familie werden. Sie wusste nicht, was eine richtige Familie war und erfuhr es auch nicht. Deutschland war ein aufgeweichtes Holzbarackenlager voller trauriger Gesichter im Regen.

Sie erinnerte sich, dass an dem Abend alle Angst hatten. Die Polizisten waren nicht mehr da. Ihr war das egal, die Polizisten waren genauso unfreundlich wie die großen Männer vor dem Tor, aber die Erwachsenen hatten noch mehr Angst als sonst. Deshalb war sie auch zu Mama ins Bett gekrochen. Mamas Herz pochte ganz laut.

Gerade als sie doch noch in den Schlaf sackte, stürzte die Welt mit einem großen Knall zusammen. Unter dem

Fenster, da, wo ihre Brüder schliefen, war mit einem Mal alles ganz hell. Sie sah, wie sich zwei kleine Gestalten im Feuer wälzten und verstand nichts. Das waren nicht Mirko und Stepan, die sahen ja in Wirklichkeit ganz anders aus. Dann erst hörte sie die Schreie, die sich wie Salzsäure in ihre Ohren fraßen und die nie wieder weggingen.

Später kam die Polizei doch wieder und auch ein paar Leute mit Schokolade, die ganz nett waren und viele Fotos machten.

Einige Wochen darauf fuhren sie wieder zurück nach Hause. Mama war ganz komisch geworden und war kurz darauf weg. Papa, der eigentlich gar nicht mehr redete, sagte, dass Mama schlimm krank sei und die Leute im Krankenhaus sich ganz toll um sie kümmern würden, aber man durfte Mama nicht besuchen. Vielleicht später.

Das war vor elf Jahren.

Letzte Woche war Mamas Geburtstag gewesen und sie hatte beschlossen gehabt, sie zu besuchen. Sie war jetzt groß genug und konnte sich denken, was mit Mama los war. Sie war wegen Mirko und Stepan verrückt geworden und wohnte im Irrenhaus. Sie würde sich nicht erschrecken. Aber die Leute im Krankenhaus hatten ihr gesagt, dass Mama schon vor einem Jahr entlassen worden wäre. Als die Schwestern gesehen hatten, wie traurig sie war, hatten sie überall nach Mamas Adresse gesucht und sie auf einen Zettel geschrieben.

Jetzt verstand sie gar nichts mehr. Mama wohnte in Deutschland!

Als sie ganz aufgeregt Papa den Zettel zeigte, schüttelte der nur den Kopf und zerriss den Zettel. Sie aber hatte sich den Namen des Ortes gemerkt, wo Mama jetzt wohnte.

Worpswede.

2

Edmund kam aus Tallinn und war Fernfahrer. Kaunas-Bremerhaven hatte in seinem Programmheft gestanden, morgen früh um sechs Uhr im Überseehafen Container übernehmen und wieder ab nach Hause. Natürlich war der Verdienst gering und so nutzte Edmund jede Gelegenheit, sein schmales Salär aufzubessern. Im Klartext hieß dies, dass er auf der Hinfahrt unversteuerte Zigaretten und auf der Rückfahrt Schnaps transportierte.

Problematisch war allein der Zeitfaktor. Die Lenkzeitverordnung interessierte Edmund natürlich nicht, dafür hatte man mitdenkende Fahrtenschreiber, aber sein Zeitplan war trotzdem eng. Nicht einmal zum Schlafen blieb genug Zeit, geschweige denn zum Aufnehmen und Abladen seiner Zweitladung. Das musste auf die späte Nacht verschoben werden. Edmund hatte sich deshalb hier in Bremerhaven telefonisch mit seinem örtlichen Kontaktmann verabredet, um seine kleinen Geschäftchen zu regeln, dementsprechend schlief er auch nicht, obwohl er todmüde war. Er wartete und beobachtete dabei die Straße.

Sie war leer, wenn man mal von den vielen Plakaten, die das kleine Gewerbegebiet zierten, absah. In Bremerhaven wurde gewählt, und da konnte man sich offenbar gut mit markigen Sprüchen auf durchweichten Pappschildern hervortun. „Für ein schmarotzerfreies Deutschland", das hing aufgeknüpft an der nächsten Straßenlaterne, als wäre es ein Vorbote für kommende Maßnahmen. Edmunds Deutsch war nicht gut, aber den Begriff Schmarotzer kannte er, so wurde er schließlich immer wieder selber genannt. Er sah genauer hin. DPU, die kannte er gar nicht. Wofür stand das? Deutsche Populistische Union, aha. Wahrscheinlich Nazis. Die waren jetzt ja wieder überall zugange, warum also nicht auch hier, in ihrer alten Heimat.

Von der Einfahrt zum Gewerbegebiet hielten abgeblendete Scheinwerfer auf ihn zu. War er das schon? Eigentlich zu früh. Erst als der Wagen auf gleicher Höhe war, konnte er den Typ erkennen. Ein alter Golf, megatief, megabreit, in kreischendem Türkis gerollt. So ein Auto brauchte keine Hupe. Das war natürlich nicht sein Mann, der fuhr passend zu seinem Hintern einen Mercedes. Das hier waren Erstwähler auf der Suche nach einer dunklen Ecke zur Verrichtung irgendwelchen Schweinkrams.

Die farbenblinden Spätpubertierenden stoppten ihr Froschauto direkt unter einem Plakat der CDU („Bremerhaven muss endlich sicherer werden"), stiegen mit fahrigen Bewegungen aus, marschierten schnurstracks auf das Gelände des gegenüberliegenden Renault-Autohauses („Hier bekommen Sie mehr für unser Geld"), schlugen blitzschnell bei drei, vier Autos die Scheiben ein und verschwanden mit elektronischem Krimskrams in Sekundenschnelle wie Ratten in der Kanalisation. Die fetten Reifen drehten sogar durch, als der hypernervöse Fahrer einen satten Kavalierstart hinlegte. Dabei war außer Edmund niemand in der Nähe, die Gummiverschwendung lohnte gar nicht.

Oder doch?

Der weiße Lieferwagen schräg gegenüber am Straßenrand war ihm bisher nicht aufgefallen, aber als er jetzt die rote Glutspitze einer Zigarette hinter dem Steuer aufleuchten sah, wurde Edmund misstrauisch. Waren das etwa Bullen? Zivilfahnder? Er spähte nach der Aufschrift auf dem schmutzigen Lieferwagen, irgendetwas mit Wäscherei.

Der Wagen war so unauffällig wie ein Dummkopf im Fernsehen. Wenn das keine Bullen waren, dann war er kein Schmuggler. Aber warum waren die dann eben nicht eingeschritten? Weil sie es auf ihn abgesehen hatten? War sein kleiner Nebenerwerb aufgeflogen? Edmund war mit einem Mal hellwach, und als sich nach ein paar Minuten auch noch wie zufällig eine ungetarnte Bullenschleuder durch die Straße schob und ausgerechnet die zermatschten Fliegen auf seinem Nummernschild inspizierte, war ihm der Zusammenhang klar. Er war aufgeflogen.

Edmund erwog erst, seinem Fluchtreflex zu gehorchen, aber dann entschied er sich anders. Mit seinem 40-Tonner hatte er keine Chance. Den Wagen im Stich lassen und sich zwischen den Häusern verdrücken? Nein, er sprach ja nicht mal richtig Deutsch. Wie sollte er mit seinem Wortschatz bis zur polnischen Grenze kommen?

„Ich auf Flucht vor deutsche Polizei. Ich nix Schnorrer."

Er entschied mangels Alternativen, erst einmal abzuwarten. Vielleicht waren die Bullen ja hinter etwas ganz anderem her. Nach ein paar Minuten registrierte er erleichtert, dass der Fahrer aus dem Lieferwagen kletterte und sich an der Sicherungskette des Grundstücks gegenüber zu schaffen machte. Vielleicht ging es den Bullen ja doch um die Diebstähle. Oder das da drüben waren gar keine Bullen.

Edmund setzte sich in seinem Fahrerhaus wie im Kino zurecht. Den Vorfilm hatte er gesehen, jetzt kam der Hauptfilm. Hoffentlich irgendwas actionmäßiges, mit

Bomben und einer guten Schießerei. Schade, dass er kein Popcorn hatte.

Der Hauptfilm war die Hölle. Mann bricht nachts in dunkles Autohaus ein, klaut nichts und verschwindet dann wieder. Was war das denn für ein Regisseur? Einer von diesen neuen europäischen Filmern? Öffentlich geförderte Langeweile?

Sylvester Stallone hätte es besser gemacht. Der hätte es krachen und zischen lassen, bis die Fetzen flogen. Aber so waren die Deutschen. Unauffällig, leise, effektiv. Wenn sie nicht gerade Urlaub machten, dann waren sie auffällig, laut und uneffektiv. Edmund kannte das, es kamen immer mehr Deutsche nach Tallinn, auf der Suche nach dem, was ihnen in Thailand zu teuer wurde.

Der Mann hatte seinen Lieferwagen vor das Werkstatttor gefahren, das dann aufgebrochen, irgendetwas Schweres in das Autohaus geschleppt (welcher Einbrecher bringt schon seine Ware mit?!) und war nach fünf Minuten wieder verschwunden. Super. Der hatte sogar die Nerven, das Licht an seinem Lieferwagen einzuschalten und ganz gemütlich über die Straße zu zuckeln.

Edmund war enttäuscht. Das war bestimmt kein Einbruch. Da hatte nur jemand seinen Schlüssel vergessen.

Wann würde sein Mann endlich kommen? Die Zeit verstrich nur langsam, keine weiteren Polizeiautos, keine Autoknacker, keine Einbrecher. Nur Nieselregen, Dunkelheit und Langeweile. Edmund machte das Radio an und geriet mitten in einen Wahlkampfspot.

„Wir sorgen dafür, dass freie Arbeitsplätze zuerst an Deu …"

Klar, die Deutschen waren bekannt dafür, bereitwillig jede Dreckarbeit zu übernehmen. Am liebsten bei der

Müllabfuhr, wenn sie nicht gerade Computerspezialisten oder Quantenphysiker waren.

Der erste Knall war gedämpft, als würde eine Schaufensterscheibe zu Bruch gehen. Nicht schon wieder Einbrecher! Langsam wurde es langweilig und Edmund hatte schließlich selber auch noch etwas zu erledigen. Er schob seufzend die Gardine im Führerhaus beiseite und sah sich um. Was war jetzt schon wieder los? Ein paar Rumänen auf dem mühsamen Weg in die EU?

Der zweite Knall war erheblich lauter, James Bond würdig. Die Werkstatthalle des Renault-Autohauses war jetzt plötzlich taghell erleuchtet, dicker, fetter Qualm drang aus den Oberlichtern und vermischte sich mit dem schwarzen Regen. Das Aluminiumtor wurde wie von einer Riesenfaust nach außen gebeult. In der Nachbarschaft erstrahlten die ersten Fenster.

Edmund riss mit einem einzigen Griff die Gardine beiseite, startete hastig den Diesel, wuchtete den ersten Gang in das altersschwache Getriebe und gab Vollgas. Im Rückspiegel konnte er gerade noch erkennen, wie eine Explosionswalze durch den Ausstellungsraum raste und reihenweise Männerträume zum platzen brachte.

Der Notruf ging am Montagmorgen gegen halb vier bei der Feuerwehr ein. Ein Renault-Autohaus in Weddewarden stehe in Flammen. Der Anruf kam von einer benachbarten Schlosserei.

Ob Personen gefährdet seien?

Na ja, er und seine Familie, wenn niemand verhindern würde, dass das Feuer überspringt. Ansonsten nicht, soweit er wisse, wohne in dem Betriebsgebäude niemand. Ob man vielleicht trotzdem die Freundlichkeit hätte zu kommen ...

Natürlich beeilte sich die Feuerwehr, natürlich konnte sie nicht mehr viel retten. Die Werkstatthalle war bereits eingestürzt, der Ausstellungs- und Bürotrakt brannte komplett und allein die unzähligen unverkäuflichen Gebrauchtwagen auf dem Hof kamen mit rußgeschwärztem Auge davon. Immerhin konnte das Übergreifen der Flammen auf die Nachbargrundstücke verhindert werden, was vor allem daran lag, dass der Morgen für Bremerhavener Verhältnisse ungewöhnlich windstill war.

Ferdinand Steguweit, der neue Leiter der Bremerhavener Spurensicherung, war kein Fachmann für Brände, ein solcher würde ihm im Laufe des Tages aus Bremen zur Seite gestellt werden, aber nichts konnte ihn daran hindern, schon einmal anzufangen. Schon gar kein Bremer. Steguweit kam aus Hamburg und hatte damit in jeder Hinsicht einen natürlichen Vorsprung.

Die Kollegen hatten bereits im Morgengrauen die Nachbarschaft abgeklappert, aber sie fanden nur Knallzeugen. Ach ja, ein Laster sei mit Vollgas davongeprescht, als das Spektakel losging.

„Ein ausländischer Laster, Herr Wachtmeister, ganz bestimmt! Den müssen sie suchen! Wie, welche Farbe und Nationalität? Ob ich das Kennzeichen ...? Nee, wirklich nicht."

Natürlich war der Brand gelegt worden. In Bremerhaven und umzu waren in den letzten Wochen bereits zwei Autohäuser abgebrannt und die Polizei vermutete Versicherungsbetrügereien der hoch verschuldeten Eigentümer. Beweisen ließ sich das noch nicht, aber die Polizei hatte bekanntlich Geduld, beziehungsweise ihr spezielles Arbeitstempo.

Das mit der Geduld traf auf Ferdinand Steguweit freilich nur eingeschränkt zu.

„Verdammt, wieso kann ich da noch nicht rein?"

„Das ist noch zu heiß."

Der Feuerwehrmann versuchte es mit Konversation, aber da war er bei Steguweit an den Falschen geraten.

„Was wollen Sie hier eigentlich finden? Ist doch alles Schrott."

„Das lassen Sie mal meine Sorge sein, junger Mann."

Den Rest der Zeit warteten sie schweigend wie Don Quichotte und Sancho Pansa auf den nächsten Angriff der Windmühlen.

Theo Doesburg, der Leiter der winzigen Bremerhavener Mordkommission, freute sich wie ein kleines Kind auf den Frühling.

Im Moment verbrachte er die Wochenenden damit, sein Segelboot fertig für die erste Ausfahrt zu machen. Die stand Ostern an und er hatte nach dem langen Winter viel zu tun. Er hatte deshalb weder Zeit noch Lust, sich um sein Auto zu kümmern, aber er hatte keine Wahl. Es wollte nicht mehr.

Doesburg fuhr seit seiner Scheidung ein grünes Auto, das er für ein paar Mark auf dem Türkenmarkt erstanden hatte und das ihn bisher halbwegs zuverlässig begleitet hatte. Doch seit einigen Tagen wurden seine Ausfahrten von einem zwar rhythmischen, aber ungewöhnlichen metallischen Geräusch begleitet, das beständig lauter wurde und selbst den in diesen Dingen schmerzfreien Doesburg aufhorchen ließ.

So hatte er am vergangenen Freitag den Wagen beim Meister der Polizeiwerkstatt zu einer Kurzdiagnose abgegeben. Die war gar nicht gut ausgefallen. Getriebeschaden, die Kupplung auch hinüber, der Motor so lala, die Bremsen, na ja, mit denen dürfte er sich nicht von der Polizei erwischen lassen. Den nächsten TÜV, der vor einem Monat fällig gewesen war, würde der Wagen nicht überleben. Der Meister ließ durchblicken, dass es um den Wagen auch nicht schade sei, für den gäbe es sowieso keine Teile mehr, und Doesburg sich unbedingt den kleinen Mercedes anschaffen sollte. Der sei etwas für ihn, sparsam, witzig, dabei seriös, genau das richtige.

Doesburg, der von Autos nichts verstand, folgte der Empfehlung des Meisters blind und steuerte deshalb heute früh nicht das Büro, sondern den Glaspalast der örtlichen Mercedes-Niederlassung an. Seine Laune war dem Anlass entsprechend schlecht und die vielen Wahlplakate konnten sie nicht bessern.

„Mehr Steuergelder für deutsche Steuerzahler."

Wer war das? Natürlich, die FDP.

Was bot ihm denn die SPD so an? Er musste nicht lange warten.

„Wählen Sie den sozialen Ausgleich für ein gerechtes Deutschland."

Das klang nach eingeschlafenen Käsefüßen in braunen Frottee-Socken. Immerhin hatte der Plakatgestalter der Ausgleich suchenden Bevölkerung eine frisch glänzende Blondine zugebilligt, von der man aber nur den Kopf sah. Völlig lebensfremd.

Und was brachten seine grünen Freunde so zu Plakat?
„Die Zukunft kommt bestimmt."
Holla. Zum Glück kam der Mercedes-Palast in Sicht. Hier waren bestimmt nur CDU-Plakate geduldet („Bremerhaven hat nichts anderes verdient").

Er betrat den chromblitzenden Schauraum, in dem alle Angestellten, und es waren nicht wenige, mit sich, dem Telefon, der Sekretärin oder mit der Kaffeetasse beschäftigt waren. Doesburg sah sich hilfesuchend um, starrte aber nur in die leeren Augen einer erschreckenden Vielzahl unterschiedlicher Autos.

Alleingelassen sah er sich eins näher an, dessen Farbe, ein strahlendes Dunkelblau, ihm gut gefiel. Genau so könnte die Nordsee bei Sonnenschein aussehen, theoretisch. Außerdem war das Auto nicht ganz so groß und ausladend wie die anderen.

Er öffnete die Tür. Unvermittelt schlug ihm ein scharfer Geruch nach Klebstoff, Plastik und Chemietoilette, ein bisschen wie in einem gebrauchten Wohnwagen, entgegen. Doesburg hielt sich die Nase zu und rutschte hinter das Steuer. Oha, das war aber ganz schön tief und unbequem. Er war schließlich keine dreißig mehr. Na gut, man musste immer Kompromisse eingehen. So ein enges, muffiges Auto war sicher etwas preiswerter.

Doesburg sah sich um. Nicht schlecht, sogar ein Airbag drin. Aber dass die heute noch so glänzendes rotes Kunstleder verwendeten wie bei seiner alten Kiste, fand er doch geschmacklos. Das sah ja aus wie in einem Perserpuff. Nein, den würde er nur mit einem kräftigen Preisnachlass kaufen. Immerhin konnte man den Innenraum abwaschen. Das war nicht schlecht, denn er transportierte gelegentlich ölige Maschinenteile von seinem Boot auf dem Beifahrersitz.

Doesburg hatte mit seiner Wahl eine angemessene Klassenzugehörigkeit demonstriert, denn plötzlich machten sich gleich zwei Verkäufer auf den Weg zu ihm. Der jüngere, dynamischere gewann atemlos den Sprint um die Provision.

„Toller Wagen, da haben Sie eine gute Wahl getroffen. Darf ich mich vorstellen? Henning von Trottau, Regional Sales Manager der Daimler-Corporation. Hier meine Karte."

Es blieb nicht bei der Karte, Doesburg wurde auch noch die Hand hingestreckt, die er widerwillig ergriff. Er wollte ein Auto kaufen und keine neuen Freunde finden. Schon gar keine, die ihn am Montagmorgen wie verstrahlte Honigkuchen angrinsten. Henning von Trottau ließ sich jedoch nicht bremsen.

„Das ist der SL63. Das Beste auf dem Markt, damit gewinnen Sie jedes Beschleunigungsrennen. Damit hängt Sie keiner ab. Davon gibt es nicht viele in Bremerhaven. Der hat fast sechshundert PS."

„Ach, das ist mir nicht so wichtig. Ich fahre normalerweise nicht über 120. Aber mir gefällt die Farbe gut. Gibt es den auch als Kombi und mit Diesel?"

Henning von Trottau sah Doesburg an, als würde der gerade in der Moschee die Hosen runterlassen.

„Wie?"

„Was kostet der denn überhaupt?"

Henning von Trottau fasste sich äußerlich wieder.

„Da können Sie von Glück sagen, dass wir den hier haben. Dieses Modell hat Lieferfristen bis nächstes Jahr."

„Dann kommt er für mich nicht in Frage, ich brauche den Wagen sofort. Meiner macht nämlich nicht mehr so richtig mit."

Das hörte man hier gerne.

„Also, den hier können Sie morgen schon haben. Kein Problem, und ihren Alten nehmen wir zum Listenpreis in Zahlung. Da werden wir uns sicher einig."

„Gut. Was muss ich denn dann zuzahlen?"

„Was fahren Sie denn gegenwärtig für ein Modell?"

„Einen Datsun. Das Modell habe ich vergessen. Grün ist er. Früher stand mal Cherry dran, vor dem Unfall."

Da war es wieder, das schleimgrüne Misstrauen im Blick von Henning von Trottau. Aber er blieb freundlich, heutzutage waren doch zu viele bizarre Testkäufer der Konzernzentrale unterwegs.

„Datsun? Die kenne ich gar nicht. Die gehören glaube ich seit den Achtzigern zu Nissan, oder? Wie alt ist der Wagen denn? Ist das ein Oldtimer?"

„Keine Ahnung. Aber ich habe den Wagen mit, wenn sie schauen wollen …"

„Das wird nicht nötig sein. Ich schlage vor, wir übernehmen für Sie die Entsorgung und hier, ja, da könnte ich Ihnen anbieten, dass wir die Zulassungskosten nicht in Rechnung stellen."

„Gut. Aber mich interessiert, was der Spaß kosten soll."

Trottau zückte einen Taschenrechner und tat, als müsste er rechnen.

„Also, das wäre dann eine Zuzahlung von 154.236 Euro. Die Stellen hinter dem Komma wollen wir mal vergessen, wir sind ja keine Centfuchser, nicht?"

Als er von Doesburgs Blick erfasst wurde, der Blick, auf den üblicherweise die Verurteilung zu einer langen Freiheitsstrafe folgte, sah er sich genötigt, rasch weiterzureden.

„Also, da ist aber auch die besonders exklusive Raffleder-Innenausstattung in Kardinalrot im Preis inbegriffen.

Äh, und der farblich exakt darauf abgestimmte Feuerlöscher auch."

Steguweit hätte ein Feuerlöscher nichts mehr geholfen. Er hatte sich einen alten orangefarbenen Bauarbeiterhelm auf den Kopf gestülpt, mit dem er aussah wie ein Eierwärmer aus der Ostzone, und begann, oberflächlich den Brandort zu untersuchen.

„Können Sie schon sagen, wo das Feuer ausgebrochen ist?"

Der Feuerwehrmann zeigte auf die kahlen, stehengebliebenen Mauern im Zentrum.

„Irgendwo da in der Mitte. Schade um die schönen Autos."

In der Gebäudemitte lag der Schutt besonders hoch, die Müllberge reichten Steguweit bis zu den Schultern. Er nahm einen der Haufen, der seltsam schief fast in der Mitte eines kleinen Raumes aufgehäuft war, ins Visier.

Obenauf stapelten sich Metallträger von der Dachkonstruktion, darunter Rückstände von Akten, Möbeln und Computern, noch tiefer ein geschmolzener Stahlschrank und ganz darunter, fast schon auf dem Boden, eine Hand mit fünf Fingern dran.

Doesburg hatte verstanden, dass der neue SL nichts für ihn war. Außerdem hätte er sich von dem vielen Geld ein Haus und keinen grotesk übermotorisierten Kleinwagen mit Minikofferraum gekauft, wenn er es gehabt hätte.

Henning von Trottau hatte sich anhand von Doesburgs Visitenkarte davon überzeugen können, dass es sich bei ihm nicht um einen Testkäufer handelte. Gemeinsam hatten sie das Terrain sondiert und es war klar geworden, dass für Doesburg nichts außer einem Mercedes der A-

Klasse ernsthaft in Frage kam. Zwar schluckte Doesburg auch beim Anblick von dessen Preisliste ganz gewaltig, aber Henning von Trottau war wild entschlossen, Doesburg zum Kauf zu verleiten. Der Hersteller würde jeden erfolgreichen Verkauf eines Ladenhüters mit einem besonderen Bonus belohnen. Die A-Klasse war in die Jahre gekommen und verkaufte sich nur noch schleppend. Deshalb hatte er Doesburg außerdem in Aussicht gestellt, über den Datsun noch einmal nachzudenken.

„Der hat ja fast schon Kultstatus, nee, so etwas habe ich hier auf dem Hof noch nie gesehen. Ich dachte, die wären alle in Algier zu Autobomben verarbeitet worden. Toll. Vielleicht kann ich Ihnen da noch mit 50 Euro entgegenkommen, schauen wir mal."

So kam es, dass Doesburg jetzt in einem pechschwarzen Mercedes durch Bremerhaven kurvte, den ihm Henning von Trottau zu Testzwecken aufgenötigt hatte.

„Völlig unverbindlich, Herr Kommissar, völlig unverbindlich. Das Auto spricht für sich selbst."

Doesburg war kein guter Autofahrer und vermisste seinen vertrauten grünen Wagen. Der Mercedes war knüppelhart gefedert, die Sitze klein, steif und hart wie in einer alten Straßenbahn und den kurzatmigen Motor hatte er auch schon zwei Mal an der Ampel abgewürgt. In der Tat, das Auto sprach für sich selbst. Allerdings hatte sein neuer bester Freund Henning vergessen darauf hinzuweisen, dass die Karre stotterte wie Stoiber im Wahlkampf. Mühsam schaffte er es, das Gefährt in die Tiefgarage seines Büros zu bugsieren, als ihm auch schon sein elektrisierter Kollege Bernd Eilers vor die Scheinwerfer sprang.

„Wir müssen los. Frische Leiche. Was ist das denn für ein Auto?"

Eilers war bekennender Ford-Fan und stolzer Eigner eines goldenen Focus.

Das Gewerbegebiet war zum Leben erwacht. Lieferwagen, Lastwagen, ein paar Schaulustige, die aber außer rauchenden Trümmern nicht mehr viel zu sehen bekamen. Eilers bremste bereits lange vor der Brandstelle ab. Es qualmte und stank immer noch atemberaubend nach Gummi und Rauch.

„Hoffentlich kriegt der Lack nichts ab."

Doesburg fehlte die Phantasie, sich vorzustellen, was um Himmels willen der Lack hier draußen abbekommen könnte. Allerdings schwante ihm dunkel, dass er sich demnächst, als Eigner eines neuen, glänzenden Autos, auch um solche Sachen Sorgen machen musste, die ihm bisher schnurz gewesen waren.

„Hier. Die kriegst du bestimmt billiger."

Eilers zeigte mit großartiger Geste auf die rauchgeschwängerten Gebrauchtwagen vor der Halle.

„Die stinken bestimmt."

„Nicht so schlimm wie deine Karre."

Steguweit stand inmitten der Wüste auf einer Art Feldherrenhügel und winkte sie zu sich heran. Doesburg und Eilers stolperten über den Morast, was der stets akkurat gekleidete Eilers mit einem unzufriedenen Grunzen quittierte. Steguweit balancierte auf einem kleinen Müllhaufen inmitten der Szenerie und zeigte auf den Boden.

„Da."

Er klang stolz, wie ein Hund, der das Stöckchen gefunden hat. Wiederbringen war allerdings unmöglich, denn das Stöckchen war fest verklemmt unter einem riesigen Schutthaufen. Eine verkohlte Hand mit fünf Fingern, in der rußgeschwärzten Umgebung kaum als solche zu erkennen, ragte unter einem Eisenteil hervor. Einige rosig-weiße Flecken auf dem Handballen, dort, wo das Feuer nicht hingekommen war, wirkten im Kontrast zu dem verbrannten Rest viel zu gesund und unwirklich.

„Ich glaube, dass das eine Frau ist. Schau dir mal die feingliedrige Hand an. Aber das werden wir nachher ja genau wissen. Obwohl das hier viel Arbeit wird, bis wir den ganzen Müll beiseite geräumt haben. Vor heute Nachmittag kommen wir an die Leiche nicht ran."

Eilers hielt respektvollen Abstand, während Doesburg sich hinkniete und den Fund in Augenschein nahm.

„Bist du sicher?"

Er packte einen Daumen und zog daran, so fest er konnte. Mit einem leichten Klack löste sich die Hand. Doesburg wäre fast rückwärts in den Müll gefallen. Als er sich aufrichtete, hielt er seine Trophäe stolz in die Luft und wedelte damit vor Steguweits Gesicht herum.

„Du hast Recht mit der Frau."

Doesburg genoss Steguweits schiefen Gesichtsausdruck, der stark an den eines misslungenen Stofftieres erinnerte.

„So, und ich fahre jetzt zu VW. Die haben bestimmt die richtigen Autos für deutsche Beamte."

3

„Na, heute Morgen schon ein paar Wagen verkauft?"

Der Chef begann jeden Morgen mit der immer gleichen leutseligen Frage. Und immer wurde sie mit „Moin, Boss" beantwortet, die Wahrheit war einfach zu niederschmetternd, um ausgesprochen zu werden. Oder erwartete der Chef tatsächlich, dass die „Volkswagen Autohaus Gnauser oHG" bereits am Montagmorgen ein Auto verkauft hätte?

Es ging im Autogewerbe zwar der Spruch um, dass jeden Morgen ein Dummer aufsteht, dem man alles für jeden Preis andrehen konnte, aber man musste auch diesem Blödmann Zeit geben, sich bis zum Autohaus Gnauser vorzuarbeiten.

Sebastian Gnauser sah die Post durch. Wahlkampfgetöse ohne Ende. Finden Sie nicht auch, dass es besser werden muss? Die Überfremdung muss weg! Mehr Geld für die deutsche Wirtschaft! Wir machen den Weg! Bremerhaven den Bremerhavenern! Mehr Geld für deutsche Familien!

Gnauser blätterte weiter in seiner Post und kam zu den Kontoauszügen. Die Arschgeigen von der Vertriebsleitung hatten ihm die Nettopreise für die drei Wagen vom Dezember abgebucht, die unverkäufliche Kiste in alpenrosa-metallic und die dicken hellgrünen Sechszylinder mit burgundroter Veloursausstattung, die wie Blei in der Halle standen. Entsprechend sah sein Geschäftskonto jetzt aus.

„Herr Berberich hat schon zwei Mal angerufen."

Herr Berberich war der zuständige Sachbearbeiter bei der hiesigen Sparkasse, die sein Autohaus bis zur Halskrause finanzierte.

„Ich rufe ihn nachher zurück."

Ihm fiel etwas ein.

„Nein, rufen Sie ihn an und machen Sie einen Termin bei ihm für Ende der Woche."

Dann bestand zwar das Risiko, dass Herr Berberich die Kaufpreise zurückbuchen ließ, aber was hatte er schon zu verlieren? Erst mal ein paar Autos verkaufen und sich Luft verschaffen. Aber wie und an wen? Die gängigen Modelle bekam er nicht und die übermotorisierten Technikleichen in schrägen Farben wollte niemand.

Der Vormittag schleppte sich dahin, wie sich das neuerdings für einen Montagvormittag im Autogewerbe gehörte. Ein ganzer Werkstattkunde, aber nicht mit einem Auftrag, sondern mit einer Beschwerde. Was man ihm denn da letzte Woche für ein Öl eingefüllt hätte? Da hätte man ja gleich Moët et Chandon nehmen können, das käme vom Literpreis her ungefähr hin. Das nächste Mal würde er sich das Zeugs vom Baumarkt holen und den Ölwechsel gleich von seinem Schwager machen lassen …

Um zehn hatten sich zwei ernsthaft aussehende Männer nach seinem Hauspreis für einen viertürigen Golf Diesel erkundigt. Er wusste aus Erfahrung, wie die Sache enden würde. Die beiden würden sein Angebot dazu benutzen, bei einem der großen VW-Händler in der Stadt ein besseres Angebot rauszuschlagen, ein Angebot, bei dem er nicht mithalten konnte, weil er längst nicht die Stückzahlen der Großen hatte und demzufolge auch nicht deren Konditionen. Außerdem hatte ein Golf Diesel drei

Monate Lieferzeit und es war zweifelhaft, ob er noch so lange durchhalten würde.

Gegen halb elf war dann ein Rentner aufgetaucht, der sich dankenswerterweise für den beigefarbenen zweitürigen Ford Sierra ohne Kat auf dem Hinterhof interessierte, sich dann aber wieder verzog, als er nach einer knappen halben Stunde und zwei Tassen Kaffee feststellen musste, dass es sich bei dem Sierra nicht um einen Mercedes handelte. Da half dann auch der Hinweis auf die Null-Prozent-Finanzierung nichts.

Danach erschienen noch zwei sehr junge Libanesen im hochglanzpolierten, tiefer gelegten und verbreiterten 850er auf der üblichen Suche nach billigen Schlurren, die sie ihrer Sippschaft andrehen konnten. Mit denen konnte man sowieso keine Geschäfte machen, die wollten alles immer nur billig, billig, billig.

„Du machen halbe Preis und wir treten in Geschäft."

Die Hand wurde ihm gleich als unerschütterlicher Vertrauensbeweis hingestreckt, er kannte das schon. Nix Geschäft. Treten in Hintern vielleicht. Vertrauen sowieso nicht. Nicht in der Branche.

So ging das nicht weiter, verdammt noch mal. Wo blieben nur die in der Werbung immer beschworenen sportlichen, glücklichen Kleinfamilien mit Hund? Hier in Bremerhaven hätte man wohl besser Autos für die Zielgruppe einsamer Alkoholiker konzipiert. Mit besonders großem Schlüsselloch, Autopilot, Bar und Kotztüte.

Doesburg wollte sich erst einmal grob über das Angebot informieren. Er stand fröstelnd vor dem Schaufenster und versuchte einen Blick auf die Autos zu erhaschen.

Die Schaufensterscheiben spiegelten freilich ziemlich, außerdem waren sie mit Aufklebern so zugekleistert, dass man nur schemenhaft feststellen konnte, was in der Halle stand. Doesburg presste das Gesicht mit zusammengekniffenen Augen dicht an die Scheibe und kam sich vor wie ein Kind beim Blick in eine Laterna Magica. Überall blitzender, bunter Kram, der Rest blieb der Phantasie überlassen.

Doesburg hatte wenig Phantasie in Bezug auf Automobile und nahm seinen ganzen Mut zusammen. Er hatte die Klinke zum Verkaufsraum noch nicht losgelassen, als auch schon eine Verkäuferin mit großen, langen Schritten auf ihn zu eilte.

„Tut mir leid, wir machen keine Probefahrten."
„Äh, ich …"
„Da müssen Sie zum Vertriebszentrum an der Autobahn. Die helfen Ihnen sicher gerne."
„Also, ich …"
„Tut mir leid, da ist gar nichts zu machen."
„Soll ich vielleicht morgen wiederkommen?"
„Nein, das bringt auch nichts. Gehen Sie jetzt bitte."

Sebastian Gnauser hatte mal gelesen, dass Verkäufer in Schuhgeschäften ihre Kundschaft anhand der alten Schuhe taxierten. Er machte es genauso, allerdings achtete er weniger auf die Schuhe als auf das Auto, mit dem der Kunde auftauchte.

Am besten war untere Mittelklasse, gepflegt, und die Mutti zwecks Farbwahl im Schlepptau. Da konnte eigentlich nichts mehr schief gehen.

Auch gut: der Sportwagenfahrer, breiter, tiefer, dummer, wusste alles besser, aber kaufte alle Nase lang ein neues Auto.

Schlecht war der Anspruchsteller. Kam mit einer Gurke ohne Kat und TÜV auf der Suche nach einem neuwertigen GTI gegen eine voll finanzierte Zuzahlung von tausend Euro.

Ärgerlich auch der Glotzer. Zu gutes Auto, zu arrogant, der wollte nur hinterher am Stammtisch tönen („Mann, das glaubst du nicht, ich war heute bei VW, natürlich nur zum Gucken, was glaubst du denn?! Mensch, der V6 braucht doch glatt 7 Sekunden auf Hundert, was für eine Krücke. Wer kauft so was?!")

Am schlimmsten waren aber die Zeitgenossen, deren Sozialhilfe nicht bis zum eigenen Vehikel reichte, die aber dennoch nicht auf modernste Technik verzichten wollten. Was man nicht kaufen konnte, lieh man sich eben.

Exakt so ein Exemplar stand jetzt vor seinem Schaufenster. Lang, dürr, scheuer Blick, ungepflegte Kleidung, schiefer Haarschnitt. Daneben das genaue Gegenteil, ein mühsam von Hand polierter schwarzer Mercedes. Sebastian Gnausers geübter Blick erkannte sofort einen Vorführwagen der Mercedes-Niederlassung.

Klarer Fall. Penner schnorrt sich bei Mercedes durch und will jetzt die Anschlussprobefahrt bei VW. Da stand wahrscheinlich eine Kurzreise nach Südspanien auf dem Programm. Die ganz dreisten Exemplare wollten auch noch Tipps, wie man den Tacho abklemmt. Schnell verzog er sich in sein Büro.

„Frau Asmus, machen Sie das. Sehen Sie zu, dass der Schnorrer verschwindet."

Gegen Mittag erschien der nächste Besucher, ein zu gut gekleideter Mann mit Schlachtergesicht, Affenkörper und Glatze in den späten Fünfzigern. Ein Fall für die VIP-Behandlung.

„Sebastian Gnauser, guten Tag. Ich bin hier der Chef. Was kann ich für Sie tun?"

„Müller, moin. Ich wollte mich nur ein wenig umschauen. Was Sie so anzubieten haben. Ich brauche einen neuen Wagen."

„Aber ja, natürlich, da sind Sie bei uns ganz richtig. Was suchen Sie denn? Eine Limousine? Einen Sportwagen? Einen Van? Wissen Sie, bei uns gibt es alles, bis hin zum repräsentativen Achtzylinder."

„Ist das der größte, den Sie haben?"

„Ja, der zählt zum Besten überhaupt, also damit ..."

„Na gut. Darf ich mir den mal anschauen?"

„Aber ja, aber ja."

Gnauser wieselte gebückt voran.

„Hier. Sehen Sie nur. Alles drin, alles dran. Metallic, Leichtmetallfelgen, Superbreitreifen, Leder, Klima, tropenholzfreies Kunstholz, Automatik mit manueller Schaltfunktion, Eleganzpaket, Chrompaket, Sportpaket, Motorpaket, Lichtpaket, ABS, ESP, EGSD, RDS, RVG und so weiter und so fort."

„RVG? Was ist das denn?"

„Rundum-Verglasung. Das ist besonders bei einem Kombi sinnvoll. Bei den einfacheren Versionen kostet das Aufpreis, aber bei diesem Modell natürlich nicht. Und falls Sie das stören sollte, liefern wir den Wagen auch auf Wunsch und gegen Mehrpreis mit automatisch sonneneinstrahlungsgeregelten Innenrollos aus, dann ist das wie mit ohne Fenster. Jedenfalls bei Sonne. Und im Regen haben Sie freien Blick auf das Geschehen. Ist doch toll, was sich unsere Ingenieure so alles ausdenken, nicht wahr, Herr äh …"

„Müller."

Der Kunde beäugte das rosametallicfarbene Gefährt uninteressiert. Als er der Preistafel an der Windschutzscheibe ansichtig wurde, zog er eine Lesebrille aus der Brusttasche und kniff die Augen zusammen.

„Was soll der denn so kosten? Ich meine, unter Brüdern?"

Gnauser kam dieser unangenehme Teil der Verhandlungen viel zu früh.

„Also, jetzt sehen Sie sich den Wagen doch erst einmal in Ruhe an. Lassen Sie das Gesamtpaket auf sich wirken. Schauen Sie doch mal, die strammen Polster. Vollkommen abwaschbar! Dabei zart wie ein Frauenpopo, wenn Sie den Vergleich gestatten. Und den schönen Chromhebel hier. Das ist doch toll gemacht, oder? Sieht man gar nicht, dass der aus Plastik ist. Und das Radio mit CCD, VVX und integrierter Navigation mit achtfach wählbarer Stimmmodulation ist auch schon drin. Darf ich fragen, was für ein Fabrikat Sie zurzeit fahren?"

„Einen Sigma V6. Den gebe ich in Zahlung."

Gnauser wand sich.

„Auweia. Haben Sie denn da überhaupt keine Möglichkeit, ich meine, vielleicht in Ihrem Bekanntenkreis? Ich könnte Ihnen dann hier natürlich noch viel mehr entgegenkommen, also, dann wäre bei dem Preis hier noch was drin, dann könnte ich Ihnen einen erstklassigen Hauspreis machen."

„Wie viel denn?"

„Also, das heißt, ich denke mal, dass ich Ihnen da durchaus einen Rabatt von zwanzig Prozent auf die Liste gewähren könnte."

Der Kunde spiegelte sich gedankenverloren im Lack.

„Kann ich den Wagen mal Probe fahren?"

Gnauser fasste neuen Mut.

„Aber ja, ich habe draußen einen Vorführwagen, den können Sie gerne, ich meine, wenn Sie wollen auch für einen Tag oder so, kein Problem. Da bräuchte ich nur Ihren Personalausweis und Ihren Führerschein."

„Nein, das ist nicht nötig. Mir reicht eine kurze Probefahrt, halbe Stunde oder so. Vielleicht in Ihrer Begleitung, Sie könnten mir den Wagen etwas erklären, wenn Ihnen das nichts ausmacht."

„Natürlich, natürlich. Nur zu gerne."

Gnauser jubilierte innerlich. Wo gab es das heute noch? Ein Kunde, der nicht allein, sondern mit ihm zur Probefahrt wollte. Dem würde er das Auto schon irgendwie schmackhaft machen. Wer sich mit einem Opel Sigma V6 zu ihm traute, der würde auch an der Farbe seines Nagellackautos keinen Anstoß nehmen. Im Geiste legte Gnauser sich schon eine gute Strecke zur Probefahrt zurecht, eine, wo man das fürchterliche Stuckern des Fahrwerks nicht merken würde. Raus zum Sellstedter See, auf seine Lieblingsstrecke. Eine der wenigen hier in der Gegend ohne Mondkrater.

Es war schon später Nachmittag, als sich Ferdinand Steguweit wieder ins Büro traute, in der Hoffnung, dass nicht mehr viel los war. Doch schon in der Tiefgarage bekam er vom Pförtner sein Fett weg.

„Na, was machen die Schaufensterpüppchen, haben Sie die alle aufgelesen? Bei Beate Uhse werden die ja für teuer Geld verkauft."

Steguweit ignorierte das Geschwätz mit hochrotem Kopf und zog sich in seine Abteilung zurück, was aber auch nicht half. Sein feierabendbereiter Kollege Klein, der seinen neuen Chef nicht leiden konnte, griente schadenfroh vor sich hin.

„Wo ist denn die Leiche?"

„Halten Sie den Mund, Klein. Sie wollen doch nicht etwa schon Feierabend machen, oder?"

Steguweit war jetzt in genau der richtigen Stimmung, um sein lange geplantes, aber immer wieder verschobenes Vorhaben in die Tat umzusetzen. Er sorgte dafür, dass Klein trotz des Anranzers umgehend das Büro verließ und griff zum Telefon.

„United Security Bremerhaven, guten Abend."

„Steguweit. Den Chef bitte."

Der Chef war gleich an der Strippe.

„Hallo, Ferdinand, was gibt's?"

„Erinnerst du dich noch an unser Gespräch, ich meine, das vor einem Monat?"

„Klar."

Steguweit räusperte sich laut.

„Also, ich habe über die ganze Sache noch mal nachgedacht. Wir sollten uns unbedingt treffen."

4

Alexander Laskau fuhr gerne nachts durch Bremerhaven.
Bremerhaven erinnerte ihn an das Magdeburg seiner Jugend, grau, alt, monoton, hässlich, verhärmt, verregnet, voller Schlaglöcher und Säufer. Es fehlten nur noch ein paar herumklöternde Trabbis, um die Illusion von der Wiederbelebung seiner alten Heimat zu vervollständigen. Im Winter meinte er manchmal, den typischen ätzenden DDR-Geschmack nach Staub und Schwefel auf der Zunge zu spüren. Würde er jemals ehrlich werden, er würde Bustouren für Ossis nach Bremerhaven organisieren. Auf den Spuren der Vergangenheit, back to the roots, authentischer als jedes Mauermuseum.

Laskau riss sich zusammen und konzentrierte sich auf das glatte Kopsteinpflaster.

Die Nacht war rabenschwarz wie die Seele eines Gebrauchtwagenhändlers. Tiefe Wolken, Nieselregen, der Mond hielt strikte Nachtruhe. Hier, im Herzen des Gewerbegebietes, gab es nur Autohäuser, eins neben dem anderen, wie an einer billigen, bunten Perlenkette aufgereiht. Hier war Fassade alles.

Er fuhr über den vollgeparkten Hof direkt vor den Haupteingang zum Verkaufsraum, der dunkel und abweisend dalag. Nicht einmal die Neonschrift leuchtete, hier war, für jedermann offenkundig, das letzte große Sparen vor dem Konkurs angesagt. Ein paar Plakate über das neueste Niedrigzinsdarlehen, die neue unverkäufliche Luxuslimousine, ein Hinweis auf das demnächst stattfindende Osterfest für die treuen Kunden, Kinder herzlich willkommen, mit Clown, Springburg und Frühlingssupersonderangeboten.

Heute brauchte er nicht so vorsichtig zu sein wie sonst. Er fuhr heute keinen Lieferwagen, sondern einen zum Betrieb passenden Vorführwagen, außerdem hatte er einen Schlüssel. Woher der Chef Auto und Schlüssel hatte, wusste er nicht, aber er konnte es sich zusammenreimen. Versicherungsbetrug. Als ehrlicher Einbrecher konnte er Betrüger zwar nicht leiden, aber in der Not musste man zusammenhalten.

Im Verkaufsraum witterte er sofort den vertrauten Geruch. Die immer gleiche Mischung aus Gummi und Lack, wie im Sexshop, vermischt mit Öl und Abgasen aus der Werkstatt.

Er lud aus und überzeugte sich, dass alles an seinem Platz war, machte einen kurzen Probelauf und wollte das Gebäude gerade verlassen, als er erschossen wurde. Er hörte den Knall, sah den Mündungsblitz, spürte einen dumpfen Druck auf der Brust und wunderte sich noch kurz, wie schnell alles vorüber war.

Der türkisfarbene Golf mit den abgesägten Federn, den riesenbreiten Reifen und dem aus Ofenrohren zusammengelöteten Auspuff war unglaublich laut und rappelig. Auch bei Tempo 30 war eine Verständigung nur schreiend möglich, so dass niemand etwas verpasste, wenn man die Böhsen Onkelz auf Hammerlautstärke aufdrehte.

Der Dünne saß am Steuer. Das hatte er sich auch verdient, denn der Golf war sein Machwerk, der Dicke hatte zwar hin und wieder bewundernd mitgeholfen, aber das reichte nicht, um sich dauerhaft für den Platz hinter dem handtellergroßen Lenkrad zu qualifizieren.

Der Dicke zeigte nach rechts, der Dünne nickte nervös und drehte den Böhsen Onkelz mitten im Gegrunze den Saft ab.

„Da isses."

„Seh ich selbst."

Der Dünne ließ den Blick schweifen.

„Scheiße, alles nur Hartzviereimer. Da is nix für uns drin."

Der Dicke zeigte auf den großen rosafarbenen Kombi vor dem Verkaufsraum.

„Da. Der hat bestimmt alles. Außerdem hat der Nummernschilder dran."

Der Dünne war schon draußen und rüttelte an der Tür, der Dicke enthedderte noch seine Hosenträgergurte.

„Der is ja auf."

„Wass'n für ne Anlage drin?"

„So 'ne überteuerte Ab-Werk-Scheiße."

„Kannste vergessen."

„Mit Navi."

„Vergiss es."

„Aber der Schlüssel steckt. Wolln wir die ganze Karre mitnehmen?"

„Nee, du weißt, was der Chef gesagt hat, oder?"

„Ja, aber das merkt doch keiner. In zehn Minuten kannste die Kisten hier doch gar nicht mehr auseinanderhalten. Wär doch schade drum."

„Wieso steht hier überhaupt 'ne Karre mit Schlüssel?"

„Den hat bestimmt einer für die Inspektion hier abgestellt. Kommt bei uns auch öfters vor."

„Nie im Leben. So einen Schlitten. Was meinste, was die Karre kostet?"

Der Dünne sah sich unbehaglich um.

„Was, wenn hier jemand is?"

„Hier is niemand. Wer soll denn hier sein?"

„Wo is eigentlich Alex?"

„Der kommt schon noch. Nu mach hin, wir müssen weg."

„Nicht dass der schon da war ..."

Der Dicke drehte sich um seine eigene Achse wie ein ausgeleierter Brummkreisel.

„Dann wär die Tür offen."

Der Dünne riss ungeduldig an der Eingangstür.

„Die is offen. Nix wie weg hier."

„Nee. Lass uns mal gucken, was der im Büro hat. Ich brauch 'nen neuen Computer."

„Mann, wenn das Ding gleich hochgeht?"

„Riechst du was?"

„Nee."

„Also. Komm mit."

„Nee."

„Dann geh ich eben alleine."

Der Dicke fackelte nicht lange, sondern stieß ungelenk die Tür zu dem Ausstellungsraum auf und wurde augenblicklich von der Dunkelheit aufgefressen.

Dem Dünnen war gar nicht wohl in seiner Haut. Er war nicht gern im Dunkeln allein, nicht mal zu Hause, mit fünfzehn hatte er noch bei seiner Mama das Bett vollgepieselt, und jetzt, mitten in der Nacht auf einem finsteren Autohof, hätte er sich am liebsten richtig in die Hose gemacht. Mutig ging besser zu zweit, die Lektion hatte er schon früher gelernt.

„Andi, Mensch, wo bist du? Komm zurück, verdammt noch mal!"

Aber er sah nichts als in eine tiefschwarze, stumme Türhöhle aus einem Horrorfilm. Das Killerautohaus VII.

„Andi!!"

Er hatte als Kind die Aufführung eines Kasperletheaters gesehen, in dem ein schwarzer Frosch mit rot glühenden Augen auftrat. Dieser Frosch begleitete ihn nun schon durch seine ganze Kindheit und Jugend, immer und überall, sobald er allein und es um ihn herum dunkel war, sah er diesen Riesenfrosch mit den glühenden Augen vor sich, kurz davor, ihn mit Haut und Haaren aufzufressen.

„Andi!!!"

Die Tür war jetzt ein kosmisches Wurmloch und schwieg beharrlich. Dahinter sah er schon seinen Freund, den Frosch, die Backen zu bisher nicht geahnten Dimensionen aufblasen und sich die Lippen lecken.

„Andi, komm, lass den Scheiß."

Sein Versuch, cool zu klingen, misslang selbst in seinen Ohren.

„Andi, ich komm jetzt zu dir. Ich lass mich doch nicht verarschen, Mann."

5

Am Dienstag war der Sturm nach Bremerhaven zurückgekehrt.

Wie jedes Mal, wenn es ein paar Tage windstill gewesen war, kam es Doesburg vor, als wäre die Erdkugel zur Inspektion in der Werkstatt gewesen. Er hoffte dann immer, dass der liebe Gott, oder wer auch immer, genug Bares auf der Kralle hatte, um die Kugel aus den Fängen der Profitgeier auszulösen. Er konnte sich die Gespräche am Werkstatttresen lebhaft vorstellen.

„Was haben Sie mir denn da für eine teure Speziallava eingefüllt?"

„Also, oben am Everest hat er immer noch 'ne ziemliche Beule, da müssen wir später noch mal ran. Das wird nicht billig."

„Der Äquator läuft immer noch reichlich unrund."

„Morgens springt der Tag manchmal schlecht an, besonders bei Regen."

Dieses Mal war alles klar gegangen, das mit der Rotation klappte wie am Schnürchen, allerdings auch nicht besser als vorher.

Doesburg durfte sich immer noch an seinem schwarzen Mercedes erfreuen, der ihm die ungebremste Aufmerksamkeit seiner Nachbarn eintrug („das wurde aber auch wirklich Zeit"). Er selber war weit weniger zufrieden, als er merkte, dass der Scheibenwischerhebel so schwergängig wie eine Hantel war und die ganze Veranstaltung obendrein nicht weniger Sprit verschlang als sein alter

Datsun. Das Schiebedach schien auch nicht ganz dicht zu sein.

Mit angstvollen Gedanken an die spätere Konfrontation mit Henning von Trottau fuhr Doesburg in die Tiefgarage, wo er sich einem déjà vu ausgesetzt glaubte. Ganz wie gestern rannte Eilers auf ihn zu und zerrte ihn fast aus dem Auto.

„Es hat schon wieder gebrannt und einen Toten gegeben. Diesmal ist es ein echter Toter, Steguweit hat dreimal nachgesehen, sagt er jedenfalls. Los, komm."

Die Luneplate war vor langer Zeit durch die Eindeichung der Unterweser entstanden. Vor einigen Jahren hatte die Stadt Bremerhaven beschlossen, hier eine „Business Area" mit Schwerpunkt Autohandel zu eröffnen, die nun besonders einsam und ungeschützt ihr Dasein fristete.

Doesburg kam beim Anblick der vielen Autohäuser ins Grübeln.

„So viele Automarken. Ich wusste gar nicht, dass es so viele gibt."

„In Deutschland so um die sechzig."

Eilers wusste Bescheid.

„Ehrlich? Warum bauen die eigentlich so viele verschiedene Autohäuser? Das muss doch ein Vermögen kosten. Für jede Marke eines. Das lohnt doch gar nicht. Warum machen die das nicht wie in Amerika? Da führt ein Händler zehn oder mehr Marken."

„Keine Ahnung."

Das musste man Eilers lassen, wenn er bei einem Thema nicht Bescheid wusste, sagte er das immer gleich und deutlich.

Die Gleichförmigkeit der am Fenster vorbeihuschenden Glas- und Aluminiumquader wurde jäh unterbrochen. Auf einem der Grundstücke glänzten nur noch die Autos der Feuerwehr. Von den eingeschmolzenen Gebäuderesten stieg schwarzer Rauch auf, selbst die meisten Autos auf dem Hof waren ausgeglüht. Es sah aus, als hätte eine riesige Feuerwalze das gesamte Grundstück erfasst und mit einem Schlag ausgelöscht.

Das ganze hinterließ einen unwirklichen Eindruck, weil die Nachbarpaläste unversehrt waren und miteinander in der Frühlingssonne um die Wette blitzten. Es schien, als habe sich das Feuer zuvor auf dem Katasteramt nach dem Grenzverlauf erkundigt und diesen sorgsam respektiert.

Doesburg sah in die Runde und erschrak.

„Hier war ich gestern. Das ist ein VW-Händler. Aber die haben mich glatt rausgeschmissen."

„Wie?"

„Ja. Da war eine Frau, die hat mir irgendeinen Blödsinn von wegen Leihwagen erzählt und mich dann einfach aus dem Raum gedrängelt. Wenn ich nicht gegangen wäre, hätte die einen Schäferhund auf mich gehetzt."

„Warst du mit deinem Auto da?"

„Nein, mit dem Mercedes."

„Dann verstehe ich das nicht."

Eilers sah ihn prüfend an.

„Kann höchstens an deinen Klamotten gelegen haben."

Sie versuchten, sich vorsichtig durch das Trümmerlabyrinth zu schlängeln. Das Metall der Autos war zum Teil geschmolzen und dann als Flüssigmetall über den Asphalt geflossen, wie nach einem Vulkanausbruch.

Doesburg sah sich um.

„Wohnt hier jemand?"

„Nein. Deshalb haben die Händler auch einen Wachdienst beauftragt, der das Gelände regelmäßig abfährt. Die United Security Bremerhaven. Und dieser Wachmann hat bei seiner Tour um halb vier den Brand gesehen und gemeldet. Da hat das Gebäude aber schon in voller Ausdehnung gebrannt."

„United Security Bremerhaven. Die kenne ich. Der Chef ist vorbestraft und Spitzenkandidat der DPU."

„Das gehört bei den Einzellern doch zusammen."

Sie hatten sich bis zu Steguweit vorgearbeitet, der noch zu erfüllt vom Geschehen um ihn herum war, um sie zu begrüßen. Er zeigte auf einen Steinhaufen.

„Da. Ich nehme an, dass das früher das Büro war. Da sind noch Reste von einem Computer und von Aktenschränken. Außerdem kenne ich den Laden von früher."

„Ich denke, duschwörst auf Mercedes?"

Der Autofan Eilers kannte die Vorlieben aller Kollegen ganz genau.

„Schon. Aber früher hab ich auch mal Proletenautos gefahren. Obwohl, vor einem Ford hat mich das Schicksal immer bew …"

Doesburg sah, dass Eilers rot anlief und unterbrach hastig.

„Wo ist denn nun die Leiche?"

Steguweit zeigte auf einen schwarzen Haufen.

„Da unten. Aber da ist nicht mehr viel zu sehen, nur Knochen und ein paar Hautfetzen. Da muss man schon was von der Sache verstehen, wenn man so etwas finden will. Bei mir in Hamburg hatten wir mal einen, den haben meine Kollegen glatt für einen Schirmständer gehalten, so abgenagt war der."

Doesburg konnte nichts erkennen und bückte sich. Nach einer Weile sah er zwei parallel verlaufende dünne Stangen, an deren Ende eine Art Fächer befestigt schien.

„Das ist ein rechter Unterarmknochen und eine Hand. Der Rest liegt dort unter dem Schreibtisch und ist hoffentlich etwas besser erhalten."

Diesmal sah alles so echt aus, dass Doesburg auf einen Zugtest verzichtete. Er wandte den Blick ab und sah in die Runde.

„Was sind das für Leute da vorne?"

Doesburg zeigte auf ein paar frühe Schaulustige. Einer trug einen dreckigen Overall mit der verblichenen Aufschrift „VAG".

„Vielleicht die Angestellten? Woher soll ich das wissen?"

Eilers Stimme war immer noch dünn und gepresst vor Wut über Steguweits Ford-Attacke.

Doesburg stolperte, so schnell er konnte, über das Trümmerfeld zurück. Er hielt sich die Nase zu, weil er auf einmal das Gefühl hatte, Leichengeruch in der Nase zu haben, als er an einem der Fahrzeuge vorbeistapfte.

Er stellte sich der kleinen Menge vor.

„Arbeitet jemand von Ihnen hier?"

Alle fünf nickten ihm entgegen. Jetzt bemerkte er auch die Frau, die ihn gestern so rüde des Hofes verwiesen hatte. Das Erkennen war allerdings nicht gegenseitig, der Ausweis beförderte ihn wohl automatisch vom Schnorrer zum Mensch.

„Vermissen Sie jemand?"

Jetzt sahen sich die fünf erschrocken an. Ein vollbärtiger Mann im Blaumann antwortete.

„Nein, ich meine, ja, den Chef. Der Chef ist nicht da."
„Wie heißt ihr Chef?"
„Das ist der Herr Gnauser."

Sebastian Gnauser bewohnte nach Auskunft der Meldebehörden ein Einfamilienhaus in Bramstedt.

Eilers kannte sich in Bramstedt nicht aus und musste eine ganze Weile nach der Adresse suchen. Schließlich fand er das Haus in einem kleinen Gebiet mit Einfamilienhäusern, die mitten im Wald errichtet waren und vom Rest der Welt vollkommen isoliert wirkten.

Er hatte kürzlich im Fernsehen einen Bericht über ein russisches Sternenstädtchen gesehen, wo die Sowjets ihre Raketen entwickelten und das von der Außenwelt so abgeschirmt wurde, dass es nicht einmal auf Karten verzeichnet war. Nach dem Zusammenbruch des Sowjetreichs hatte sich die Truppe augenscheinlich kollektiv in Bramstedt eingeigelt.

Das Haus von Gnauser wirkte seltsam leer und ungepflegt. Niemand öffnete, und von einer gar nicht neugierigen Nachbarin konnte Eilers praktisch ungefragt erfahren, dass Herr Gnauser seit einigen Jahren geschieden war, dass die Frau damals nach Krefeld gezogen sei und der Herr Gnauser seitdem hier alleine lebte. Der arme Mann! So ein guter Mensch, rackert den ganzen Tag, und dann verlässt ihn die herzlose Frau so einfach.

Wann Sie den Herrn Nachbarn denn das letzte Mal gesehen habe?

Daran könne sie sich beim besten Willen nicht erinnern, aber das müsse gestern gewesen sein, ja, am Montagmorgen, da habe ihr der Herr Gnauser noch freundlich zugewunken, als er morgens in den Betrieb fuhr. Wie immer. Was denn mit dem Herrn Gnauser sei?

Ach nichts, nur so.

Mit einem Mal versiegte das Mundwerk der bis dahin so auskunftsfreudigen Dame. Eilers drehte noch eine ergebnislose Runde um das Haus. Einmal hatte er den Eindruck, als würde sich eine Gardine etwas bewegen, aber er wartete vergeblich auf eine Wiederholung.

„Na, wie hat er Ihnen gefallen? Das ist ein toller Wagen, der heißt nicht umsonst A-Klasse, der ist wirklich klasse, nicht wahr?"

An dem Satz stimmte in Doesburgs Augen nichts außer dem Zusatz „nicht wahr". Aber sollte er Henning von Trottau wirklich seine Illusionen nehmen? Wahrscheinlich verstand Henning von Trottau ohnehin sein Geschäft und log einfach offen herum.

Doesburg hatte sich auf der Fahrt hierher seine Antwort sorgfältig zurechtgelegt.

„Bestimmt. Aber mir ist er zu hoch."

„Wie bitte?"

Zu klein, zu billig, zu teuer, zu langsam, zu hell, zu dunkel, zu hart, zu hässlich, zu schön, ja, alles schon gehört, alles argumentativ widerlegbar, dafür war er intensiv geschult, aber zu hoch?

„Wie meinen Sie das? Ich meine, das ist ein besonderes Konzept und das Auto hat einen doppelten Boden und das ist ja gerade das tolle daran, deshalb ist der Wagen auch ein bisschen höher. Das ist doch gut, da hat man eine bessere Übersicht."

„Schon, aber in der Stadt stört mich das sehr. Jeder Fußgänger schaut in den Wagen rein, anders als bei einem normalen Auto, das ist viel tiefer, da können die Fußgänger nichts außer meinen Beinen sehen. Das stört mich, ich fühle mich ständig beobachtet. Tut mir leid, ich will ein flaches Auto. Und die flachen Autos sind mir bei Ihnen zu teuer."

Doesburg atmete auf, als er die ungastlichen, nach Geld, Schulden und blitzvergänglichen Träumen riechenden Hallen mit befremdlichen Umgangsformen hinter sich ließ. Henning würde als nächstes bestimmt den Parkplatz desinfizieren lassen.

Doesburg wollte gerade mit der Vernehmung des Restbestandes der Belegschaft vom Autohaus Gnauser beginnen, als ihn die Sekretärin der Abteilung, Frau Elvers, aus ihrem Kabuff heraus anblökte.

„Kommen Sie mal her. Ich hab was."

Das war Alraune Elvers Umgangston, wenn sie gute Laune hatte.

„Ja?"

Frau Elvers sah Doesburg schief von der Seite an.

„Sie könnten ja auch mal guten Morgen sagen, da würde Ihnen kein Zacken aus der Krone fallen."

Einer der Kollegen mit kleinen Kindern nannte die Elvers heimlich Frau Mahlzahn nach einem hässlichen, bösen, verwarzten Drachen aus irgendeinem Kinderbuch.

Doesburg kannte den Drachen nicht, aber hässlich, böse und verwarzt kam hin.

„Moin."

„Sehen Sie, geht doch. Steguweit hat angerufen. Sie sollen zurückkommen. Der hat noch zwei Tote gefunden. Der Steguweit ist gut in Form, finden Sie nicht? So viele Leichen auf einem Haufen hatten wir schon lange nicht mehr."

Die Geräusche aus dem Motorraum waren seit dem Besuch bei Henning von Trottau nicht besser geworden, im Gegenteil. Sein Auto hatte in der Nachbarschaft der chromglänzenden Blender offenbar Komplexe bekommen. Es pfiff und rappelte wie bei einer alten Dampflokomotive und Doesburg konnte im Rückspiegel sehen, dass sein Auto graublaue Wolken in die Umwelt hustete. Er schaffte es aber noch in einem Stück bis zur Luneplate und Umweltzonen waren in Bremerhaven sowieso nicht durchsetzbar. Da hätte man die Hälfte der Bevölkerung ausgesperrt.

Steguweit hockte neben einem ausgebrannten Fahrzeugwrack und winkte ihn zu sich. Als er näher kam, erinnerte sich Doesburg, dass er heute Morgen hier den kräftigen Leichengeruch aufgenommen hatte.

Selbst Doesburg konnte erkennen, dass das hier in besseren Zeiten ein VW Golf gewesen war. Unten herum konnte man sogar noch Fetzen eines ganz erstaunlichen türkisen Farbtons erahnen. Doesburg nahm wieder den durchdringenden Leichengeruch wahr, zog ein Taschentuch vor Mund und Nase und beugte sich herunter.

Zwei Menschen saßen aufrecht auf den Vordersitzen. Ihre Körper und Gesichter waren bis zur Unkenntlichkeit verbrannt, überall traten die Knochen hervor. Die Reste von Haut und Muskeln waren zu einem lederartigen Überzug verkohlt. Der Fahrer hatte sich mit beiden Händen um das dünne Gerippe des winzigen Lenkrads gekrampft, als würde er gerade sein allerletztes Fischereihafenrennen fahren. Er grinste mit gebleckten Zähnen auf die Piste und ignorierte seinen Beifahrer, der aufrecht und uninteressiert neben ihm hockte, als gehöre er nicht hier hin. Am Hinterkopf, wo die Kopfstütze etwas Schutz bot, hing ein grausiger Schopf blonder Haare. Beide waren mit gewaltigen Hosenträgergurten an den ausgeglühten Sitzgerippen festgeschnallt.

„Wieso sind die Gurte nicht verbrannt?"

„Die sind feuerfest."

Doesburg hatte schon zu viele Amok laufende Junkies, zu viel alltägliches Elend, zu viele aufgedunsene Wasserleichen, zu viele blaugesichtige Säufer, zu viele Politikerplakate gesehen, um schockiert zu sein. Jetzt betrachtete er das Bild wie eine Kamera.

Ein Bild, an dem entschieden etwas nicht stimmte. Niemand setzte sich angeschnallt in seinen Wagen und wartete, bis das Feuer zu ihm kam. Der Wagen war nicht blockiert, die Türen wären leicht zu öffnen gewesen.

„Kannst du schon etwas zur Todesursache sagen? Ich meine, waren die schon tot, als das Feuer ausbrach?"

Steguweit war ratlos.

„Keine Ahnung, du siehst ja selber, wie verbrannt die sind."

„Ich meine, warum sitzen zwei Leute in ihrem Auto und warten seelenruhig, bis sie vom Feuer erfasst werden?"

„Vielleicht war die Feuerwalze so schnell, dass sie nicht entkommen konnten."

„Das kann ich mir nicht vorstellen."

Doesburg ging um das Auto herum.

„Das Nummernschild ist noch lesbar."

„Das läuft schon."

„Könnt Ihr denn zu dem anderen Toten da drin schon mehr sagen?"

„Nein, nichts, der ist noch nicht geborgen, das wird auch noch den ganzen Tag dauern."

„Gut, dann gehe ich mal die Nachbarn besuchen. Vielleicht hat jemand etwas gesehen."

Doesburg wandte sich instinktiv dem kleineren und bescheideneren der beiden Nachbarn zu. Ein kleiner Ausstellungsraum für fünf Autos, eine winzige Werkstatt, ein großer, ungepflasterter Hof rammelvoll mit billigen Gebrauchtwagen.

Von der hier vertriebenen Marke hatte Doesburg noch nie etwas gehört. H-y-u-n-d-a-i, was war das denn? Ein sprechendes Pferd? Wo kamen die überhaupt her? Aus Rotchina?

Er betrat den Ausstellungsraum, in dem ihn ein korpulenter, freundlicher, fast noch junger Mann ohne jede Verzögerung ansprach.

„Guten Tag. Was kann ich für Sie tun?"

Der Mann blieb freundlich, auch nachdem sich Doesburg als Polizist zu erkennen gab.

Der Dicke erwies sich als Mädchen für alles im Betrieb, der Chef sei nur selten da, der kümmere sich um andere Sachen, wie der Mann sich freundlich-nebulös ausdrückte.

„Kennen Sie die Leute von da drüben? Von VW?"

„Ja, klar. Das sind ja immerhin unsere Nachbarn."

„Ging der Betrieb gut?"

„Das war ein VW-Betrieb, was Besseres gibt es doch gar nicht. Jedenfalls ging es denen besser als uns. Auch wenn niemand Autos kauft, VWs gehen in Deutschland immer, so ist das nun mal. Aber ich habe gehört, dass VW den Händlervertrag kündigen wollte."

Doesburg spitzte die Ohren.

„Wieso das denn?"

„Nun ja, was man so hört, will VW den Vertrieb in Bremerhaven bündeln, will nur noch eine Niederlassung mit mehreren Filialen im Großraum installieren, um dem internen Preiswettbewerb ein Ende zu bereiten. Macht ja auch Sinn. Aus deren Sicht."

„Was hätte das denn für das Autohaus Gnauser bedeutet?"

„Schwer zu sagen. Gegen eine Kündigung kann man im allgemeinen nichts machen, solche Verträge sind nun mal kündbar. Wenn der Händler viel investiert hat, bekommt er zwar längere Fristen, aber da gibt's gute Tricks, die zu unterlaufen. Zum Beispiel stellen die ihm den Hof voll mit unverkäuflichen Autos. Große Benziner, helle Farben, alles, was zurzeit nicht läuft. Da kann man sich nicht gegen wehren, weil man im Rahmen der Mindestabnahmepflicht größtenteils nehmen muss, was kommt. Und wenn man die dann nicht verkaufen kann,

kann man die auch nicht beim Hersteller bezahlen. Und spätestens dann kündigt der Hersteller fristlos wegen Zahlungsverzuges. Das Spielchen kennen wir alle."

„Und ohne VW? Hätten die einen anderen Vertrag bekommen?"

Der Dicke sah nachdenklich aus.

„Glaube ich nicht. Wissen Sie, der gesamte Automobilvertrieb wird gerade neu geordnet. In der ganzen Europäischen Union. So wie bisher, mit Vertragsgebiet und so weiter, wird das in Zukunft nicht mehr gehen. Deshalb warten jetzt alle Hersteller ab und sehen, wer von den Händlern überlebt. Viele werden das bestimmt nicht sein."

„Dann stand der Betrieb vor dem Aus?"

„Keine Ahnung. Aber irgendwie stehen wir alle vor dem Aus. Mehr oder weniger ständig."

„Kennen Sie auch den Chef?"

„Den Herrn Gnauser. Ja, aber nicht gut. Da müssten Sie schon mit unserem Chef sprechen, die kannten sich etwas besser."

„Wann ist Ihr Chef denn wieder da?"

„Kann ich Ihnen nicht genau sagen, aber wenn Sie mir Ihre Karte hier lassen, ruft er sie an."

Doesburg sah sich um. Er hatte Vertrauen zu seinem Gesprächspartner gefasst, trotz der vielen Autos in der Umgebung.

„Mal was ganz anderes. Ich brauche ein neues Auto. Meins ist am Ende. Können Sie mir was empfehlen? Nichts großes, möglichst billig, aber solide und ohne Macken. In blau oder grün."

Noch während Doesburg sprach, konnte er die atemberaubende Verwandlung eines harmlosen, dicken Ex-Jusos in einen reißenden Werwolf beobachten. Er hielt sich unwillkürlich schützend den Arm vors Gesicht.

Die Mitarbeiter des Autohauses Gnauser hatten geduldig in der Dienststelle ausgeharrt. Doesburg rief die einzige Frau der Truppe zu sich. Die hieß Frau Asmus und war Empfangsdame, Verkäuferin, Buchhalterin, Sekretärin, Telefonistin und Rausschmeißerin.

„Wir kennen uns. Ich war gestern bei Ihnen."
„Gestern? Ehrlich?"
„Ja, ich war derjenige, der keinen Leihwagen bekam. Aber das macht nichts, ich wollte ja auch gar keinen Leihwagen."

Sie schlug die Hand vor den Mund.
„Oh. Das tut mir aber leid. Wenn ich gewusst hätte …"
„Geschenkt. Es gibt ja genug Autohäuser, ist ja nicht wie in der DDR."

Leider, fügte er in Gedanken hinzu.
„Erzählen Sie mal. Was wird denn jetzt aus dem Betrieb? Ich meine, der ist doch versichert, oder?"

Frau Asmus war immer noch peinlich berührt und versuchte, ihren Lapsus durch besonderen Eifer wieder gutzumachen.

„Es gab in der Vergangenheit immer mal wieder Schwierigkeiten mit der Gebäudeversicherung. Kann gut sein, dass die schon wegen Prämienrückständen gekündigt wurde. Aber das spielt keine Rolle, auch mit Versicherung wird da nichts mehr passieren. VW hat alle Händlerverträge gekündigt. Uns haben sie auch keine

Gespräche über einen neuen Vertrag angeboten. Das wäre sowieso in den nächsten Monaten den Bach runter gegangen."
„Wieso?"
„Weil wir pleite sind, oder besser seit fast einem Jahr sind. Wir halten uns nur durch das Wohlwollen der Bank über Wasser und die weiß noch nichts von dem Stress mit VW. Sonst hätte die schon lange den Geldhahn zugedreht."
„Ihren Chef, wann haben Sie den das letzte Mal gesehen?"
„Gestern hat er eine Probefahrt mit einem Kunden gemacht. Danach ist er nicht mehr in den Betrieb gekommen."
„Wann war das?"
„Gegen Mittag."
„Kam das öfter vor, dass der Chef sich mittags verabschiedete?"
„Gelegentlich, nicht oft."
„Wer war der Kunde, mit dem er auf Probefahrt gegangen ist?"
„Der war neu."
„Wie sah der aus?"
„Ich hab ihn nur kurz gesehen. Ein bisschen wie dieser Mann auf den Wahlplakaten von der DPU, aber nur ungefähr. Viel zerknitterter und unfreundlicher."
„Wie alt?"
„Wie Sie."
„Kam es vor, dass Ihr Chef nachts im Betrieb war?"
„Nein, nicht dass ich wüsste. Wieso?"
Doesburg sah auf seine Schuhspitzen.
„Wir haben unter den Trümmern einen Toten gefunden."

Die dunklen Augen wurden zu Tellerminen.

„Etwa den Chef?"

„Das wissen wir noch nicht. Aber Herr Gnauser ist auch nicht zu Hause. Kennen sie eigentlich Frau Gnauser?"

„Schon. Wieso?"

„Nun ja, vielleicht ist er bei seiner Ex-Frau."

„Frau Gnauser ist eine Schlampe."

„Wie bitte?"

„Sie haben richtig gehört. Frau Gnauser ist eine Schlampe vom Dorf. Aus Hagen, wenn sie es genau wissen wollen. Die ist zwischen Kuhscheiße aufgewachsen, wollte aber immer was besseres sein. Und als der Herr Gnauser für ihre Ansprüche nicht mehr genug Kohle ranschaffen konnte, hat sie sich einfach abgesetzt. Die hat ihn auf dem Gewissen."

„Aber wir wissen doch gar nicht, ob Herr Gnauser tot ist."

„Herr Gnauser ist schon lange tot."

Eilers war in aller Ruhe nach einem zu reichlichen Landgasthofessen mit einem gemütlichen Sodbrennen zurück nach Bremerhaven gezuckelt. Da führte ihn der Weg automatisch an der Luneplate vorbei, weswegen er sich spontan entschloss, Steguweit nach dem letzten Stand der Dinge zu fragen. Außerdem musste er dringend pinkeln.

Die Schaulustigen von heute früh hatten sich verlaufen, aber jetzt, am frühen Nachmittag, war viel Verkehr in dem Gewerbegebiet, weswegen die Kollegen mit der Absperrung ihre liebe Not hatten.

„Was ist denn hier passiert? Hat es hier gebrannt?"
„Ja."
„Ist ja nicht zu fassen. So geht das nicht weiter, oder?"
„Nein."
„Das sind doch bestimmt alles Totalschäden, oder?"
„Ja."

Diese Art Dialog mussten sie schon den ganzen Tag über sich ergehen lassen. Als jetzt noch drei Jugendliche mit Bierdosen vor der Absperrung Aufstellung nahmen und begannen, das Horst-Wessel-Lied zu rülpsen, hielt es einer der beiden nicht mehr aus.

„Macht dass ihr weg kommt oder ihr kriegt Ärger. Hier wird gearbeitet."

„Das sehen wir, Opa. Du sprichst ja schon von arbeiten, wenn du dir die Füße platt stehst und Unschuldige anquasselst. Das ist immer noch ein freies Land."

Eilers war gerade im Begriff, seinen vollen Bauch über die Absperrung zu hieven und lauschte dem Dialog nur mit mäßigem Interesse, aber er bemerkte, dass der Sprecher das mit dem noch freien Land gut fand. Vor allem den Teil mit dem noch. Der uniformierte Kollege war jedoch mit seinen Nerven am Ende.

„Haut jetzt ab, sonst nehme ich euch fest."

„Weswegen denn, Opa? Weil ich die Wahrheit sage? Das ist doch immer das gleiche. Wird Zeit, dass unsere Partei ans Ruder kommt. Die DPU. Schon mal was von uns gehört, Opa?"

„Ach, lasst mich mit der verdammten Politik in Ruhe. Verschwindet jetzt hier."

„Wenn wir an die Macht kommen, kriegst du 'ne neue Uniform. Mit Stahlhelm!"

Sein Kumpel assistierte dem Rudelführer eifrig.

„Und überhaupt. Wir sind eine Trauergemeinde. Wir dürfen hier sein."

„Um wen trauert ihr denn? Adolf ist doch schon lange hin."

„Allerdings, und das ist verdammt schade. Bei dem wäre so ein Weichei wie du kein Bulle geworden, das schwör ich dir. Nee, wir trauern um unsere Kumpel."

Eilers drehte sich auf dem Absatz quietschend um.

„Was hast du gesagt?"

Der Sprecher der Gruppe war mit einem Schlag ernüchtert und nervös.

„Nix, nur dass wir hier trauern. Das ist ja wohl erlaubt, oder?"

Das Trio machte widerstrebend Anstalten, sich zu entfernen. Eilers zückte seinen Ausweis und zeigte auf das Gelände.

„Kommt mal her."

Er konnte deutlich sehen, wie die Drei der Mut verließ, nicht jedoch die große Klappe.

„Was denn? Erst sollen wir abhauen, dann sollen wir bleiben. Könnt Ihr euch nicht mal entscheiden?"

„Hier geblieben. Was ist denn mit Euren Kumpel?"

„Nichts. Denen gehört der Wagen da."

Der Sprecher zeigte auf den verkohlten Golf auf dem Hof.

„Woran erkennt ihr das?"

„Mann, ich hab einen Blick für Autos. Ich kenn die Kiste vom Heiko. Außerdem ist der heute nich in die Berufsschule gekomen. Und der Andi auch nich. Die ham immer zusammen rumgehangen. Und als die im Radio gesagt haben, dass es hier Tote gegeben hat, da ham wir nachgesehen. Weiter geh ich nich."

Der größte der drei blieb wie angewurzelt stehen, seine Bierkampfgruppe tat es ihm nach.

„Andi und Heiko. Haben die auch Nachnamen?"

„Was denkst du denn?"

„Und? Kann man die auch erfahren?"

„Klar."

Eilers wartete.

„Und?"

„Andi Warner und Heiko Neumann. Reicht das? Können wir jetzt gehen?"

Eilers fixierte den Sprecher scharf.

„Und du bist sicher, dass das Auto von deinen Freunden ist?"

„Ja, Mann, den gibs nur einmal. An dem hat der Heiko jedes Wochenende rumgebastelt, der ist zwanzig Zentimeter tiefer gelegt. Mann, der fährt fast unter dem Asphalt. Und die Schlappen haben mehr gekostet als der ganze Rest von der Karre. Den erkenne ich wieder, hundert pro. Das isser. Siehste nich die schroffe Farbe da unten? Den gibs nur einmal. Aber ich geh nich weiter."

Eilers zeigte zur Absperrung, wo ein Bulli der Kollegen stand.

„Gut. Aber ihr müsst mit aufs Präsidium kommen."

„Wieso das denn?"

„Ihr habt genau gewusst, dass Eure Kumpel heute Nacht hier waren. Ich will wissen, warum und wer noch hier war. Wo wohnen die beiden überhaupt?"

„Grünhöfe."

„Schöne Scheiße."

Doesburg schloss unwillkürlich die Autofenster, wenn er durch Grünhöfe fuhr. Er fühlte sich dann sicherer. Das war natürlich Blödsinn, aber es funktionierte.

Grünhöfe waren die vom Sozialamt finanzierten Slums von Bremerhaven. Der Anteil von Ausländern und Arbeitslosen lag jenseits jeder offiziellen Statistik, die meisten Bewohner waren beides und noch dazu Alkoholiker. Hier arbeitete man in Branchen, für die das statistische Bundesamt noch keine Schlüsselnummern vergab. Drogen, Autoklau, Schwarzhandel, Hehlerei, Prostitution, Versandhandelsbetrug, Testsäufer.

Das alles spiegelte sich auch in den Wahlplakaten wider. Die Besserverdiener fehlten völlig, dafür erspähte Doesburg viele Pappen der OPD. „Wir kämpfen für ein islamistischeres Deutschland", das war hier nicht mal unrealistisch. Die OPD alias Osmanische Partei Deutschlands machte im Augenblick ziemliche Furore, die 5%-Hürde würde ein Klacks werden.

Die Polizei war in Grünhöfe naturgemäß ungern gesehen und wagte sich nur in echten Ernstfällen hierher, aber Doesburg dachte, dass man ihn in seinem properen kleinen koreanischen Auto, das noch dazu über und über mit Aufklebern des Autohauses versehen war, die fast größer als das Auto selber waren, kaum als Polizisten identifizieren würde.

Er irrte gründlich. Er hatte übersehen, dass ein Großteil der männlichen Bevölkerung von Grünhöfe bereits mit dem Gesetz in Konflikt gekommen war und sich in der einschlägigen Polizeiszene von Bremerhaven zwangsläufig gut auskannte. Und den Chef der hiesigen Mordkommission kannte man natürlich, schließlich fand die Polizei hier in kurzen Abständen Drogentote, was den Wiedererkennungswert von Doesburg auf das Niveau von Bushido hievte.

„Hey, der Oberbulle persönlich. Haste auch mal ein Auto geklaut, wa? Aber da haste dich im Typ vertan, so'n

Schlaglochsucher kaufen wir nicht auf, keine Chance. Da is ja der Aschenbecher in meinem Benz größer."

„Nein, ich will nur mal gucken, wer von euch als nächster dran ist. Ich arbeite vor, das ist bei der Mordkommission gar nicht so einfach."

„Hä? Was is, Mann?"

Die Klingelanlage war der blanke Hohn, zerfetzt, beschmiert, die wenigen Schilder mit Hand auf Klebeband aufgemalt. Er hätte auch ohne zu klingeln reingehen können, die Tür zum Windfang war zerdeppert, aber er wusste nicht, wohin. Der Haufen auf der Treppe ignorierte ihn jetzt so auffällig, dass man die zum Zerreißen gespannte Neugier mit Händen greifen konnte.

Auf sein Klingeln rührte sich nichts, aber er hatte den Verdacht, dass die Klingelanlage schon lange nirgendwo mehr angeschlossen war. Höchstens an der Höllenpforte, damit Luzifer den baldigen Nachschub begutachten konnte.

„Wo wohnen die Warners?"

„Drecksaussiedlerpack."

„Wo?"

„Oben. Drecksaussiedlerpack."

„Und wo genau?"

„Wen ham die denn totgemacht? Bestimmt ´ne Buddel Wodka."

Der Superwitz gab tosendes Gelächter.

Doesburg seufzte und wollte sich gerade als Pfadfinder betätigen, als am Horizont ein Auto golden aufleuchtete.

Die eigenwillige Lackierung von Eilers Focus hatte den Vorteil, dass man sein Auto leicht unter Tausenden anderer herausfinden konnte, denn kaum jemand traute sich mit so einer Farbe in das Licht der Öffentlichkeit. Schon gar nicht in Grünhöfe, hier wusste man genau, was gerade angesagt war.

Eilers parkte sorgfältig direkt hinter seinem unaussprechlichen Auto ein und warf einen abschätzigen Blick erst darauf und dann auf Doesburg.

„Was ist das denn? Du kaufst dir doch keine Reisschüssel, oder?"

Seine Stimme hatte einen drohenden Unterton angenommen.

„Nein. Was machst du überhaupt hier?"

„Das gleiche könnte ich dich fragen. Ich habe drei Zeugen aufgetrieben, die den Wagen wieder erkannt haben, in dem die beiden verbrannt sind. Die wohnen hier. Und du?"

„So ähnlich. Ich habe die Anschrift von Kraftfahrtbundesamt bekommen."

„Wo müssen wir hin?"

„Keine Ahnung."

Eilers hatte das Trauerspiel vorhin nicht mitbekommen und wandte sich dem rapide wachsenden Haufen Jugendlicher zu.

„Sagt mal, wo wohnen hier die Neumanns?"

„Hä? Ich denke, Ihr wollt zu dem dreckigen Warner?"

Doesburg hatte Eilers auf die Suche nach den Neumanns geschickt und sich dann mühsam zur Haustür der Warners durchgefragt.

Das Gebäude musste irgendwann in den Siebzigern gebaut worden sein, als es der letzte Schrei war, die Flure in Hochhäusern ins Freie zu legen. Sehr praktisch, wenn man mal kotzen musste.

Doesburg hatte keine Ahnung, ob wenigstens die Klingel hier oben funktionierte, der Knopf gab unter dem Druck jedenfalls seltsam weich nach und kam nicht wieder aus ihrem speckigen Gehäuse hervor.

Sie funktionierte gut. Die Tür flog atemlos auf.

„Verdammtes Arschloch! Nimm sofort Deine Scheißdreckspfote von der Bimmel, sonst kannst du Deinen Drecksarsch in der Hölle wieder aufsammeln."

Doesburg blickte erschrocken in zwei kleine, stechende, blutunterlaufene Augen, die ihn dumpf von unten herauf anstarrten. Umgeben wurden sie von einem verhutzelten, gelben Gesicht voller Falten, das von einer scharfen, viel zu großen Hakennase zerteilt wurde, unter der ein dünner, schmallippiger Mund große Unzufriedenheit verbreitete. Gekrönt wurde die Erscheinung durch einen wirren, schütteren Haarkranz und einen farblosen Dreiwochenbart. Den Rest verhüllte ein schmuddeliggrauer Jogging-Anzug der Marke „ja, ich bin arbeitslos, was dagegen?!". Der Mann war alles zwischen fünfzig und siebzig und harter Trinker dazu.

„Doesburg, Kripo Bremerhaven. Sind Sie Herr Warner?"

„Und warum müssen Sie verdammt noch mal andauernd klingeln?"

Warner blickte zu seinem Klingelknopf, als ihm in Zeitlupe aufging, dass Doesburg fast zwei Meter davon entfernt stand. Mit einem gezielten Schlag auf die Klingel machte Warner dem Spuk ein Ende.

„Scheißding. Was wollen Sie? Mein Sohn ist nicht da."

„Heißt Ihr Sohn Andreas?"

„Ja, und? Ist das verboten? Heute ist ja alles verboten, da darf man ja schon nicht mal mehr inne Ecke pissen."

„Wann haben Sie den Andreas denn das letzte Mal gesehen?"

Der kleine Mann sah mit einem Mal verschlagen aus. Jetzt fehlten ihm nur noch Hörner und ein Pferdefuß.

„Ich sag nichts. Was ist denn überhaupt für mich drin?"

Wahrscheinlich nur ein toter Sohn. Doesburg räusperte sich.

„Darf ich vielleicht hereinkommen, Herr Warner?"

„Ham Sie so'n Durchsuchungsscheißdings?"

„Nein."

„Dann verpissen Sie sich. Ich brauche meine Ruhe. Ich bin krank."

Eilers hatte es nicht leicht, die Wohnung der Neumanns zu finden. Es gab mehrere Neumann-Sippen im Block und erst der dritte Versuch war erfolgreich. Eine verhärmte Frau um die Fünfzig öffnete die Tür in einem Tempo, als ob sie dahinter seit Stunden gewartet hätte. Ihre Augen waren weit aufgerissen.

„Eilers, Kripo Bremerhaven, sind Sie …"

„Ist was mit Heiko?"

Eilers räusperte sich.

„Ja, also, ich weiß nicht. Wir sind nicht sicher. Darf ich reinkommen?"

„Was ist mit Heiko?"

„Is noch was? Ich hab zu tun. Ich bin krank."

„Hören Sie, Herr Warner, es wäre wirklich besser, wenn wir das in der Wohnung erörtern würden."

„Warum denn? Wenn der Andi wieder Scheiße gebaut hat, muss er das eben selbst ausbaden. Ich helfe ihm sowieso nicht mehr. Außerdem hab ich nicht aufgeräumt."

Warner kam jetzt so dicht an Doesburg heran, dass ihm ein atemberaubendes Gemisch aus Zahnfäule, Ravioli und Schnaps in die Nase zog.

„Wenn Sie es genau wissen wollen, der Andi gehört in den Knast. Da war er ja auch schon öfters. Ich kann dem jedenfalls keine Manieren mehr beibringen. Der Andi hat keinen Respekt vor dem Alter. Mir ist das alles scheißegal. Und jetzt zieh Leine."

„Herr Warner, es könnte sein, dass dem Andreas etwas passiert ist."

Warner sah ihn kurz an, wie zum Zeichen, dass er verstanden hatte.

„Mir doch egal. Ich bin krank und brauch meine Ruhe."

„Sagen Sie mir, was mit meinem Sohn ist. Sofort."

Das winzige Wohnzimmer wurde von einer Masse lärmender Kinder belagert. Auch aus anderen Ecken der Wohnung quoll Kindergeschrei. Frau Neumann schien seine Gedanken zu ahnen.

„Das sind nicht meine. Ich bin hier im Block Tagesmutter. Was ist mit Heiko?"

Eilers tat sich aber schwer, eine hörbare Antwort zu formulieren.

„Also, wir wissen es noch nicht, aber wir haben zwei Tote gefunden, die wir aber noch nicht identifiziert haben. Die beiden saßen in einem Auto, das auf Ihren Sohn zugelassen ist. Bei dem zweiten könnte es sich um einen Andreas Warner handeln. Wir haben erfahren, dass die beiden sich gut gekannt haben. Stimmt das?"

Frau Neumann sank ohne Rücksicht auf die sie umgebenden Kinder in sich zusammen und schlug die Hände vor den Augen zusammen. Die Kinder reagierten wie Ameisen, denen ein Hindernis in den Weg gelegt wird.

„Die beiden waren immer zusammen. Der Andi hat einen schlechten Einfluss auf meinen Jungen. Heiko ist ein guter Junge."

Sie sah ihn trotzig an.

„Auch wenn Sie etwas anderes denken. Heiko ist ein guter Junge."

Einen Moment schwiegen beide.

„Wissen Sie genau, dass Heiko tot ist?"

„Nein, das noch nicht. Wann haben Sie ihn denn das letzte Mal gesehen?"

Sie musste überlegen.

„Vor einer Woche, ungefähr."

„Aber hat er nicht hier gewohnt? Er ist hier gemeldet."

„Ja. Aber er war immer mit seinen Freunden unterwegs. Hier kam er eigentlich nur her, wenn er sich mal satt essen wollte. Oder wegen der Wäsche. Ihm war das immer zu laut, hier, wegen der Kinder."

Sie schluchzte plötzlich auf.

„Aber was sollte ich denn machen? Ich brauche das Geld doch, ich komme anders nicht über die Runden. Ich will ihn sehen."

Eilers erschrak bis ins Mark.

„Das geht nicht. Jetzt noch nicht. Wir müssen erst wissen, ob das überhaupt Ihr Sohn ist. Es könnte ja auch ganz jemand anderer sein. Aber sagen Sie, wenn der Heiko nur selten bei Ihnen war, warum vermissen Sie ihn dann jetzt schon?"

„Gestern wollte er vorbeikommen. Das hatte er mir hoch und heilig versprochen. Und ich habe schon den ganzen Tag versucht, ihn auf dem Handy anzurufen. Da kriegt man ihn immer. Mit seinem Handy ist er ganz verrückt."

„Wo könnte Heiko denn sein, falls ihm nichts zugestoßen ist? Bei seinem Vater vielleicht?"

Ihre Stimme nahm einen seltsam bestimmten Klang an.

„Da ist er bestimmt. Ganz bestimmt. Ich fühle das."

„Na, sehen Sie. Wo finden wir seinen Vater denn?"

„Auf dem Friedhof. Der hat sich tot gesoffen."

Doesburg wurde im Treppenhaus von einem Schwall gemeiner Küchengerüche ausgebremst. Es roch nach Kohl mit Rattenhack.

Er klingelte auf gut Glück an der nächsten Tür. Auch hier tat sich eine Weile nichts, aber das war in diesem Haus wohl normal. Erst mal abchecken, ob der Gerichtsvollzieher vor der Tür stand.

„Was los?"

„Ich möchte gerne zu den Neumanns, können Sie mir vielleicht sagen, wo die wohnen? Danke auch."

„Wie?"

„Ich möchte zu den Neumanns, die müssen hier …"

„Was?"

„Zu den Neumanns?"

„Zudenwas?"

„Wie bitte? Ich verstehe nicht …"

„Was los?"

„Neumann?"

„Ah, Neumann. Kindertante. Du nach rechts und ganz runter."

Die Wohnung der Neumanns war die Bestätigung der Chaostheorie auf 40 Quadratmetern. So eine Unordnung hatte Doesburg noch nie gesehen, nicht einmal, als er eines Tages das Getriebe seines Schiffes im Wohnzimmer zerlegt hatte. Ein paar Wochen später hatte seine Frau den Scheidungsantrag eingereicht.

Das winzige Wohnzimmer war noch richtig aufgeräumt im Vergleich zu der Küche, in der sich drei Kleinkinder in der Kunst übten, Spaghetti mit Tomatensoße flächendeckend zu verteilen. Hunger hatten sie jedenfalls keinen mehr.

„Das ist mein Kollege, der …"

Der Rest ging im Gekreisch unter, als eines der Monster einem anderen Joghurt über den Schädel kippte. Frau Neumann erwachte aus ihrer Lethargie und wandelte wie ein Roboter in die Küche.

„Wo ist denn das Zimmer von dem Sohn?"

Eilers schloss aufatmend die Tür. Der Kinderlärm quoll nur noch gedämpft durch den Türschlitz.

„Endlich. Wie die das aushält."

„Unglaublich. Das ist ein Fall für amnesty."

„Eher für den Kinderschutzbund."

Doesburg sah sich misstrauisch um, falls auch hier Zöglinge von Frau Neumann ihr Unwesen trieben, aber Heiko Neumanns Zimmer war sauber. Rundum Poster mit nur einem Thema. Autos, Autos, Autos, in allen Variationen, möglichst tiefer, breiter und schneller. Die Bücherstapel in seinem Regal bestätigten seine Vorliebe. Alles da, von Bildbänden und Katalogen bis hin zu Werken wie Fachkundebüchern für Fahrzeugtechnik.

„Der ist Azubi bei einem Autohändler."

Eilers hatte sich durch die Akte mit der Aufschrift „Lehre" gewühlt.

„Drittes Lehrjahr, gute Noten."

„Jemand, den wir kennen?"

„Nein. Kein abgebrannter."

„Wer weiß."

„Jedenfalls keiner von denen, die abgebrannt sind."

Doesburg sah sich unterdessen im Kleiderschrank um.

„Schau mal hier."

In einer Schublade, die eigentlich Socken beherbergen sollte, lagen zehn sauber aufgereihte Handys.

„Wozu braucht der so viele Handys?"

Die herbeigerufene Frau Neumann wusste es auch nicht. Sie verabschiedeten sich mit dem hoffnungslosen Versprechen, sich gegenseitig zu informieren, falls Heiko Neumann doch wieder auftauchen sollte.

Doesburg fand auf Anhieb den Weg zurück zu Warners Tür. Er klingelte und passte diesmal auf, doch der gute Wille nutzte nichts. Offenbar war die Klingel rettungslos verloren, so wie die meisten Bewohner hier.

„Was wollen Sie noch? Ich habe Ihnen doch gesagt, dass ich nichts sage."

Mit einem heftigen Schlag, der den Klingelknopf aus der Umklammerung des Gehäuses befreite, schlug Warner ihnen die Tür vor der Nase zu. Daran musste er lange geübt haben.

„Der ist total besoffen. Aus dem kriegst du keinen vernünftigen Ton heraus."

Das traf eine halbe Stunde später auch auf Frau Elvers zu. Ihre Augen glühten wie Lava.

„Da ist einer."

„Wer und wo?"

„Wie?"

„Schon gut. Wo ist der?"

„Da."

Frau Elvers zeigte auf den Besprechungsraum. Doesburg stürmte den Raum ungeduldig, er hatte keine Lust auf ungebetenen Besuch, er wollte nach Hause. Grünhöfe war ihm an die Nieren gegangen.

Am Tischende wartete ein untersetzter, rotgesichtiger Glatzkopf mit blank poliertem Schädel und winzigen Augen aus Schweinehaut. Doesburg schätze den Mann auf Ende vierzig, aber er hatte bereits den Habitus eines Opas.

„Böhmermann. Ich bin Anwalt. Ich vertrete Roland Borchers, Dennis Klein und Heino Wichers."

Die Begrüßung wurde durch eine zerknautschte, billige Visitenkarte aus dem Automaten und Kasernenhofton ersetzt.

„Wen?"

„Das ist wieder mal typisch für die neumodische deutsche Polizei. Sie nehmen meine unbescholtenen Mandanten fest, vergessen sie im Kerker und wenn endlich ihr Anwalt kommt, leugnen Sie alles."

„Es tut mir Leid ..."

„Ich will keine Entschuldigung, ich will meine Mandanten mitnehmen."

„Da muss ein Irrtum vorliegen. Ich habe niemanden festgenommen."

„So? Ich dachte, das wäre Ihre Aufgabe. Nach dem Polizeigesetz."

Jetzt war Doesburg verwirrt.

„Vielleicht sagen Sie mir erst einmal, wie Sie darauf kommen, dass Ihre Mandanten hier bei uns in Haft säßen."

„Weil mich die Partei informiert hat. Wissen Sie denn gar nicht, mit wem Sie es zu tun haben?"

„Bedaure, nein."

„Böhmermann, Ralf Böhmermann. Ich vertrete die DPU hier in der Gegend."

Doesburg warf einen zweiten Blick auf die Visitenkarte. Böhmermann kam aus Achim, einem niedersächsischen Kaff hinter Bremen, kein Wunder, dass er den noch nie gesehen hatte.

„Die DPU?"

Böhmermann streckte stolz die Brust heraus, aber der fette Bauch blieb Sieger.

„Die Deutsche Populistische Union. Die neue dritte Kraft in diesem Lande. Übergangsweise."

„Aha. Aber was hat das …"

Böhmermann wischte Doesburgs Satzanfang einfach beiseite.

„Das Parteibüro in Bremerhaven hat mich benachrichtigt, dass Roland Borchers, Dennis Klein und Heino Wichers heute Vormittag grundlos festgenommen wurden, weil sie zufällig an einem Brandort waren."

Es klingelte bei Doesburg. Er griff zum Telefon.

„Ich hole meinen Kollegen, einen Moment. Der weiß da Bescheid."

Eilers erschien nach einer knappen Minute eisigen Schweigens, er wischte sich mit dem Handrücken noch Krümel vom Mund.

„Ja?"

„Das ist Herr Böhmermann. Er vertritt die drei, die du heute Mittag bei Gnauser mitgenommen hast."

„Ach, die besoffenen Nazis. Ja, und?"

Böhmermann schaltete sich laut ein.

„Das mit dem besoffen habe ich überhört. Wo sind meine Mandanten jetzt?"

„Das weiß ich nicht."

„Wie?"

Eilers war die Unschuld in Person.

„Die habe ich vorhin laufen gelassen. Die wollten partout nichts sagen. Was sollte ich da machen?"

Böhmermann blies mit Volldampf gebrauchte Luft aus den Backen.

„Warum sagt mir das denn keiner?"

Er wurde jetzt wesentlich zugänglicher.

„Entschuldigen Sie, falls ich Sie eben zu hart angegangen habe, aber wir haben mit vielen Vorurteilen zu kämpfen."

Er warf Doesburg einen listigen Blick zu und vollführte eine gewagte Wendung.

„Sagen Sie, haben Sie vielleicht Interesse, unsere Gruppierung zu unterstützen? Wir sind weltoffen und haben viel Verständnis für die Nöte der Staatsmacht, das kann ich Ihnen versichern. Wir haben viele Kollegen von Ihnen in unseren Reihen und bald schon ..."

Doesburg winkte lahm ab.

„Das wird nichts. Ich bin Gründungsmitglied der KPD in Ostdeutschland."

„Wie? Sie sind doch Beamter?!"

„Und Sie sind Anwalt, oder? Was ist schlimmer?"

Eilers sah Doesburg mit großen Augen an, nachdem Böhmermann empört durch die Tür gesegelt war. Dessen Bauch erinnerte jedenfalls stark an ein aufgeblähtes Spinnaker.

„KPD? Die wurde doch schon 1919 ..."

„Eben. Die Dummbratze kennt sich erst ab 33 aus. Glaubt sie jedenfalls. Wo ist eigentlich Steguweit?"

Gemeinsam machten sie sich auf die Suche und die führte zwangsläufig über Frau Elvers.

„Ist Steguweit schon wieder aufgetaucht?"

„Das war ein toller Mann, nicht wahr?"

„Wer? Der fette Nazi?"

„Nein, ich meine diesen Anwalt von der Deutschen Populistischen Union, der eben bei Ihnen war."

Doesburg bemerkte bunte Broschüren auf Frau Elvers Tisch, die da nicht hingehörten.

„Wehe, Sie wählen diesen Verein."

„Hier gibt's immer noch Meinungsfreiheit."
„Das meinen Sie. Was ist denn nun mit Steguweit?"

Steguweit war stolz wie Oskar und empfing Doesburg und Eilers mit ausgebreiteten Armen wie ein Traumschiffkapitän vor dem Galabuffet.

„Da. Das habe ich gefunden. Das ist ein Handy. Mit Resten von einem Datenkabel. Das lag unter dem Schutt in Weddewarden, bei der Puppe. War doch gut, dass ich darauf bestanden habe, dass wir da alles genauestens kontrollieren. Und das Schönste kommt jetzt. Die Chipkarte ist praktisch unversehrt. Spätestens morgen wissen wir, auf wen das Handy registriert ist und wer wann wo angerufen hat."

Steguweit blickte sich Beifall heischend um, aber Eilers hatte gar nicht zugehört. Eilers war mit dem Essensplan der Kantine für die kommende Woche beschäftigt.

„Das kann man doch nicht machen."

Doesburg sah Steguweit interessiert an.

„Ein Handy? Vielleicht das von der Frau?"

„Ha ha, selten so gelacht."

„Wieso ist das Handy nicht verbrannt?"

„Da ist ein Aktenschrank drauf gefallen. Glück gehabt."

„Aber wozu ein Handy?"

Steguweit zuckte mit den Achseln.

„Vielleicht als Teil eines Fernzünders, irgendwie, ich weiß auch nicht."

„Womit wurde das Feuer denn gelegt?"

„Propangas. In allen Fällen. Wir haben jeweils die Überreste von zwei geöffneten und leeren Gasflaschen gefunden.

„Also haben wir es immer mit den gleichen Tätern zu tun?"

„Vermutlich. Aber da ist noch etwas."

Steguweit zog einen verstaubten roten Aktenhaufen unter seinem Schreibtisch hervor.

„Wir haben im Computer nachgesehen, ob früher schon mal Feuer auf diese Weise gelegt wurde. Das hier hat er ausgespuckt. Einen Vorgang von sechsundneunzig. Damals wurde in Blumenthal eine von diesen Asylantenbuden in die Luft gejagt."

Doesburg lief ein kalter Schauer den Rücken herunter.

„War das der Anschlag mit den toten Kindern?"

„Ja. Zwei Jungen verbrannt, neun und dreizehn Jahre alt. Da war nichts mehr zu machen. Die Familie wurde kurze Zeit später wieder in den Kosovo abgeschoben. Typische Wirtschaftsflüchtlinge. Gut, dass kurze Zeit später dieser Anschlag mit den sieben Toten in Sachsen war, sonst hätte das hier ziemlichen Ärger gegeben."

„Gut ist was anderes. Die gleiche Vorgehensweise?"

Steguweit zögerte.

„Na ja, dem Computer reicht es. Hier wie dort wurde Propangas in einem kleinen Raum freigesetzt und später, als das Gas-Luft-Gemisch gesättigt war, gezündet. Wie gezündet wurde, haben die Kollegen damals nicht herausgefunden. Von der ollen Bretterbude ist auch nichts mehr stehen geblieben. Aber Propangas wird für solche Anschläge normalerweise nicht verwendet. Da schmeißt man gerne Molotow-Cocktails oder nimmt gleich Benzin."

„Wer hat den Anschlag damals verübt?"

„Ich habe die Akte nur quer gelesen, aber die Geschichte ist nie aufgeklärt worden. Zu dem Anschlag bekannt hat sich eine bis dahin und später auch nie wieder in Erscheinung getretene Gruppe mit einem völlig verquasten Namen. Warte, den muss ich nachlesen."

Steguweit griff nach der Lesebrille.

„Hier. Das Bremerhavener Komitee gegen Rassenvermischung, Faschismusunterdrückung und Feindbildfreiheit."

Er sah in die Runde wie ein Klassenlehrer.

„Was für ein Quatsch."

„Bremerhaven? Aber der Anschlag war doch in Blumenthal?"

„Ja. Vielleicht reisende Terroristen. Jedenfalls ist nie herausgekommen, wer in dieser Gruppe aktiv war und den ganzen Spuk steuerte. Es gab dünne Spuren zu einem gewissen Guido Krawczyk aus Bremerhaven, einem selbsternannten Erlöser des deutschen Volkes, aber die Ermittlungen verliefen im Sande und wurden schließlich eingestellt."

„Guido Krawczyk?"

„Ja. Reinrassiger polnischer Arier, sozusagen. Hat das Maul damals ziemlich weit aufgerissen. Er wollte alle Asylanten aus Bremen rausbomben. Man konnte ihm aber nichts beweisen. Die Kollegen sind letztlich davon ausgegangen, dass das alles nicht so gemeint war. Dass da etwas unabsichtlich aus dem Ruder gelaufen ist, mehr nicht. Eine Art unbeabsichtigter Betriebsunfall."

„Schöner Unfall, mit zwei bei lebendigem Leib verbrannten Kindern. Da möchte ich dich mal sehen, wenn das deine Kinder wären."

„Ich bin schließlich auch kein Wirtschaftsasylant, ich arbeite hart für mein Geld."

„Was soll das denn heißen?"

Doesburg war aufgesprungen und ging auf Steguweit los, der abwehrend die Hände hob.

„He, he, nun mal langsam. So war das ja gar nicht gemeint."

„Dann denk vorher nach, was du sagst."

Doesburg setzte sich wieder und starrte Steguweit böse an.

„Ist das mit den Gasflaschen in der Presse erschienen?"

„Nein."

„Also kein Nachahmer. Das würde bedeuten, dass wir es vielleicht tatsächlich mit dem gleichen Täter zu tun haben."

„Ja, aber die abgebrannten Autohäuser gehörten alle verschiedenen Eigentümern, oder?"

Die Frage ging an Eilers, der von dem niederschmetternden Kantinenplan aufblickte.

„Ich glaube. Soll ich Köster holen? Der weiß besser Bescheid."

Köster war ihr Kollege vom Betrugsdezernat.

„Gut. Und bring Kuchen mit."

Eilers strahlte und sprintete los.

Der Kuchen hätte für eine mittlere Bäckerei gereicht.

Der Kollege Köster, der das Bremerhavener Betrugsdezernat betont feierabendorientiert führte, beobachtete die lukullische Abendveranstaltung mit Misstrauen.

„Können wir das nicht morgen machen? Ich wollte gerade nach Hause. Und für Kuchen ist es auch zu spät."

„Findest Du?"

Eilers sah Köster interessiert an.

„Ja. Aber was wollt Ihr denn überhaupt wissen? Wir sind noch nicht weiter gekommen. Es war immer Brandstiftung und die Umstände riechen meilenweit nach Warmsanierung. Die Inhaber haben zwar gute bis bombensichere Alibis, aber das heißt ja nur, dass sie es nicht persönlich waren."

Doesburg sah Köster interessiert an.

„Wieso vermutet ihr eine Beteiligung der Inhaber? Ging es denen denn so schlecht?"

„Ja. Der ganzen Branche geht es im Moment an den Kragen, das kann man so sagen. Die meisten Betriebe sind konkursreif. Da findet ein grundlegender Strukturwandel statt. Ich schätze mal, dass ein ganz großer Teil der Händler in kurzer Zeit nicht mehr existiert. Da ist der Anreiz groß, dem Konkurs zuvorzukommen und warm abzubrechen."

„Was meinst du mit Strukturwandel?"

„Ich habe mich da mal schlau gemacht. Bisher war das so, dass jeder Händler sein exklusives Vertriebsgebiet hatte. Da durfte ihm niemand Konkurrenz machen. Dieses exklusive Vertriebsgebiet gilt immer nur für eine einzige Marke, und eine andere darf der Händler in aller Regel nicht vertreiben. So wurde das jedenfalls in den letzten 40 Jahren gehandhabt. Demnächst wird das Europarecht das alles auf den Kopf stellen. Dann sind solche exklusiven Vertragsgebiete nur noch für unbedeutende Fabrikate zulässig, für die anderen nicht mehr. Wozu das führt, ist klar."

Köster schwieg bedeutungsvoll, während Eilers sich genussvoll kauend einmischte.

„Mir nicht. Wozu führt das denn?"

Köster klang genervt.

„Zu Konzentration, was denn sonst. Es werden nur noch wenige Händler überleben, die dann aber wesentlich größer sein werden und viele Marken unter einem Dach vertreiben. Da findest du dann Opel, Ford, Mazda und so weiter in einem einzigen Autohaus. Wer nicht mithalten kann, und das können die allermeisten nicht, geht Pleite. Deshalb vermute ich, dass das auch noch lange nicht der letzte warme Abbruch war. Da kommt noch einiges an Arbeit auf uns zu. Das geht ja schon soweit, dass die sich gegenseitig Schlägertrupps auf den Hals hetzen, um Autos zu zertrümmern und Kunden zu vergraulen."

„Ehrlich?"

„Wenn ich es sage. Willst du die Akten sehen?"

Doesburg hob abwehrend die Hand.

„Nein, nein. Habt ihr schon etwas Konkretes in der Hand?"

„Nein, überall nur das übliche. Verheerende Zahlen, der Konkursverwalter vor der Haustür, die Händlerverträge auf der Kippe, der Hof voller unverkäuflicher Gebrauchtwagen, unruhige Banken. Immer das gleiche. Jeder Tag kann der letzte sein."

„Und im letzten Fall? Dem von heute Nacht?"

Köster seufzte.

„So schnell sind wir auch nicht. Aber ich bin sicher, dass da das gleiche Bild zum Vorschein kommt."

Doesburg widersprach energisch.

„Nein. Etwas ist anders. Der Inhaber ist verschwunden. Entweder ist das der Tote oder aber er ist wirklich weg. Und auf dem Parkplatz sind zwei Menschen, vermutlich Jugendliche, in ihrem Auto verbrannt. Das macht einen großen Unterschied."

Köster winkte lahm ab.

„Für mich nicht. Brandstiftung ist Brandstiftung. Aber wir werden den Schweinehund schon kriegen. Wir suchen jemanden, der das im Auftrag der Branche macht. Und den werden wir auch noch finden, verlasst euch drauf. Oder wollt Ihr die Ermittlungen allein übernehmen? Von mir aus gerne."

Doesburg sah Köster erschrocken an.

„Nein, natürlich nicht. Es gibt übrigens Hinweise, dass das Autohaus Gnauser nicht versichert war."

„Ach was, Feuerversicherungen sind hierzulande Pflichtversicherungen."

„Auch die können wegen Zahlungsverzuges gekündigt werden."

Jetzt sah Köster eine Spur interessierter aus.

„Na gut, wir werden dem nachgehen. Sonst noch was?"

„Ja. Steguweit meint, die Vorgehensweise sei ähnlich der vor sechs Jahren bei dem Asylbewerberheim in Blumenthal. Seid Ihr dem nachgegangen?"

„Nein, das hat mir noch keiner gesagt. Na gut, wir prüfen das. In Blumenthal, sagst du?"

„Ja."

„Asylanten?"

„Asylbewerber. Ja."

„Na gut. Sonst noch was?"

Ja. Nimm Urlaub bis zur vorgezogenen Pensionierung und behindere unsere Arbeit nicht, du jämmerliche Flachpfeife.

„Nein."

„Deutschland über alles".

Recht hatten sie, die Jungs von der DPU. Natürlich wäre es nicht zwingend notwendig gewesen, den Spruch über ein Hintergrundbild mit herumlungernden Zigeunern zu kleistern, aber die Zigeuneraugen leuchteten jedes Mal wunderbar hell auf, wenn die Scheinwerfer von Steguweits Mercedes ein Plakat erfassten. Wie Katzenaugen an Leitplanken. Die Jungs hatten eben noch für den letzten Mist eine sinnvolle Verwendung!

Steguweit war immer noch stinksauer. Was fiel diesem Doesburg eigentlich ein? Ihn, den zehn Jahre älteren Kollegen, wie einen Halbstarken anzublaffen und vor Kollegen runterzubürsten! Gerade Doesburg! Diese Lusche ohne Ehrgeiz, Eigenheim und Ideale, dessen Beförderungen nicht mal mit guten Argumenten zu verhindern waren.

Was hatte er denn schon groß gesagt? Nichts! Nur, dass er von Wirtschaftsasylanten keine gute Meinung hatte. Mein Gott, durfte man das jetzt auch schon nicht mehr? Wo war dieses Land eigentlich hingekommen?

„Wir bringen Deutschland wieder nach vorne!"

Richtig! So wie bisher ging es schließlich nicht weiter in Deutschland. Die etablierten Parteien hatten sein Land, auf das er so stolz war, der Reihe nach an die Wand gefahren. Von links und von rechts, jeder hatte mal ran gedurft, bis die Karre Schrott war. Und jetzt fuhren sie den Schrotthaufen auch noch gemeinsam.

Wie blökte die Opposition? Dass man das absolute Schlusslicht sei! Das musste man sich mal vorstellen. Deutschland das Schlusslicht in Europa! Abgeschlagen irgendwo hinter Irland und Portugal. Mein Gott, diese

Völker wickelten ihren Zahlungsverkehr bis vor ein paar Jahren noch mit Fischen ab!

Die parlamentarische Opposition selber bot natürlich keine Lösung, das waren Mittäter und keine Retter. Steuerreform, Aufbau Ost, Familienförderung, das waren alles alte Hüte, das interessierte in diesen Zeiten nun wirklich niemanden mehr.

Das Grundproblem war ein ganz anderes. Deutschland war überfremdet. Fast 10% Ausländer, das las sich so harmlos, war es aber nicht. Man brauchte sich bloß in den Städten umzuschauen. Am besten in Grünhöfe und anderen Brennpunkten, das waren längst rechtsfreie Räume, in denen die Polizei nichts mehr ausrichten konnte. Das waren Staaten im Staat. Und die Überfremdung war längst kein regionales Problem, sondern ein deutsches, ein nationales Problem.

Wie hatte es jüngst der Fraktionsvorsitzende der Opposition so schön ausgedrückt? 70% der in Deutschland lebenden Ausländer sei ohne Arbeit. Das musste man sich mal vorstellen! 70%! Wovon lebten die dann, wenn sie nicht arbeiteten? Er kannte die Antwort. Vom Staat, also von ihm, und von Verbrechen. In den Gefängnissen saßen nicht umsonst überwiegend Ausländer ein. Er sah es doch jeden Tag aus erster Hand, ihn konnte man nicht täuschen.

Wenn er mit seiner Annegret samstags bei Sonnenschein durch die Bürger flanierte, hatte er schon lange den Eindruck, Tourist in Ostanatolien zu sein. Und dabei waren viele Frauen von den Kanaken zu Hause eingesperrt! Wenn die auch noch frei herumliefen ...

„Wir kippen das Zuwanderungsgesetz!"

Richtig. Das hatte für ihn das Fass zum Überlaufen gebracht. Allein schon der Name! Zuwanderungsgesetz.

Deutschland hätte dringend ein Abwanderungsgesetz gebraucht. Die Rechnung war einfach. 7 Millionen Ausländer gegen 4 Millionen Arbeitslose. Was gab es da überhaupt noch zu überlegen? Die Türken würden die Deutschen ja auch aus dem Land jagen, wenn sie Millionenweise dort einfielen. Mit Rassismus hatte das nichts zu tun, das war das Selbstverteidigungsrecht eines jeden Volkes.

Nein, das war nicht mehr das Land, auf das Steguweit vor dreißig Jahren mit weit ausgefahrener Brust seinen Diensteid geleistet hatte. Es wurde Zeit für einen radikalen Schnitt.

Er hatte im Laufe der Jahre klammheimliches Verständnis für jene Leute entwickelt, die etwas gegen diese selbsternannten liberalen Eliten unternahmen. Die sich klar äußerten, die den Ausländern in Wort und Tat zeigten, dass man sie nicht haben wollte, ja, genau, die irgendwann auch Asylbewerberheime anzündeten. Irgendwann ging es halt nicht mehr anders. Das hätte er niemals laut gesagt, aber es stimmte trotzdem. Mein Gott, die Ausländer waren doch selber schuld. Bis zu einem gewissen Grad tolerierte jede demokratische Gesellschaft Außenseiter, aber was zuviel war, war einfach zuviel. Er war der letzte, der etwas gegen Ausländer an sich hatte. Oder gegen die Juden. Die waren doch das beste Beispiel. Seit es nicht mehr so viele waren, ließ es sich doch gut mit ihnen aushalten.

Steguweit hatte in seiner Not große Hoffnungen in die DPU gesetzt. Deren Programm las sich vernünftig. Ausländer raus, die D-Mark zurück, die Polizei aufrüsten, die Grenzen dicht, vor allem nach Osten und Süden. Raus aus diesem bürokratischen Europawahn. Ja, mit solch einem Programm könnte aus Deutschland wieder etwas werden.

Annegret empfing ihn mit einem respektvollen Kuss auf die Wange.

„Du bist heute spät dran. Aber ich habe das Essen warm gestellt."

„Was ist das?"

„Was?"

„Das Essen hier. Was ist das?"

„Giros mit Zaziki. Du isst doch so gerne Fleisch. Ich dachte, da könnte ich mal was Neues ausprobieren. Schmeckt es dir nicht?"

„Doch, doch, aber es ist anders. Wo kommt das her?"

„Das habe ich bei Edeka gekauft."

6

Bramstedt war ständig verschlafen, zu jeder Jahres-, Tages- und Nachtzeit, aber an einem Mittwochmorgen um neun wirkte der Ort wie nach einer geglückten Invasion der Killertomaten. Der Berufsverkehr war schon lange weg, zum Einkaufen war es noch zu früh, die Bürgersteige zwar schon runtergeklappt, aber unbenutzt. Wie eine Westernstadt vor dem Showdown.

Ferdinand Steguweit hatte sich am Morgen zusammen mit einer Durchsuchungsanordnung und dem Kollegen Klein auf den Weg nach Bramstedt gemacht. Vermutlich war Gnauser der Tote in seinem Autohaus und um das zu beweisen, brauchte man genetisches Vergleichsmaterial, am besten Haare.

Das Haus von Gnauser war ein unauffälliges altes Fertighaus aus dem Katalog, Typ A für die junge Familie. Es stammte aus einer Zeit, in der Fertighäuser noch wie Fertighäuser aussahen. Alles war vernachlässigt.

Auf ihr Klingeln öffnete niemand, deshalb machte sich Klein über das Türschloss her, misstrauisch beäugt von einer neugierigen Nachbarin, die sich aber weder traute, sie anzusprechen noch Hilfe zu rufen. Also verharrte sie in ihrer Position und tat so, als würde sie einen Busch beschnippeln. Da sie aus Gründen der Aufrechterhaltung ihres Alibis von Zeit zu Zeit tatsächlich wahllos die Schere ansetzte, sah der arme Busch rasch wie ein gerupftes Huhn aus.

Klein brauchte nur einige Minuten. Steguweit drängte ihn beiseite und machte sich an die Eroberung seines neuen Kriegsschauplatzes. Er war hier schließlich der Feldherr der guten, immer siegreichen Armee. Bei wohlwollender Betrachtung hatte er auch durchaus Ähnlichkeit mit Napoleon Bonaparte, jedenfalls trug Steguweit den gleichen verkniffenen Gesichtsausdruck eines Mopedfahrers im Insektenschwarm vor sich her.

Offenbar hatte Gnauser das Haus beim Einzug einmal komplett eingerichtet und seitdem nichts mehr geändert. Überall Staub und Unordnung, Zeitungen auf dem Tisch, Geschirr in der Spüle, die wenigen Bücher im Regal durcheinander gewürfelt.

„Typisch Junggeselle. Sieh mal im Briefkasten nach."

Steguweit nahm sich das Erdgeschoss vor. Diele, Küche, Toilette, Wohnzimmer, alles langweilig und normal. Dunkel und düster eingerichtet, so wie es einmal Mode war, als Roberto Blanco noch straffe Haut hatte.

„Der war Montag noch am Kasten."

Das kam hin, schließlich war der Brand in der Nacht von Montag auf Dienstag ausgebrochen.

Steguweit seufzte vernehmlich. Hoffentlich würde er in dieser Drecksbude nicht nach Spuren suchen müssen. Hier würde er vermutlich noch die Fingerabdrücke der Bauarbeiter finden.

In der hellgrün gefliesten Gästetoilette lag keine Haarbürste. Vielleicht hatte Gnauser ja eine Glatze. Steguweit sah sich nach einem Foto des Bewohners um, um Erkenntnisse über dessen Haarpracht zu gewinnen, aber er fand nur einen röhrenden Hirsch an der Wand. Das war höchstens das Selbstportrait eines gehörnten Hausherrn.

„Ich geh schon mal nach oben."

Klein widersprach nicht, im Gegenteil, er popelte erfreut weiter in der Nase. Steguweit erklomm die reichlich mit dunkelbraunem Teppichboden belegte Treppe, der ein rotes Hanfseil maritimen Touch verleihen sollte. Das wirkte so überzeugend wie ein Schimpanse in Admiralsuniform. Oben endete die Treppe in einem winzigen Flur, von dem vier Türen abgingen. Steguweit öffnete wahllos die erste und landete in einem Kinder- und Bügelzimmer. Es roch muffig und gab nichts zu sehen. Sebastian Gnauser hatte keine Kinder und bügelte nicht.

Hinter der zweiten Tür lauerte das Schlafzimmer des Bewohners, das von einem riesengroßen Kleiderschrank in dunkler Resopaleiche erschlagen wurde. Steguweit öffnete probeweise die Türen, fand aber außer durchschnittlichen Klamotten nichts. Das hätte auch sein Kleiderschrank sein können, Steguweit und Gnauser einte offenbar eine Vorliebe für Billiganzüge in Busfahrergrau und Steuerinspektorblau. Er zog die Schubladen zu den Nachttischen auf, fand in einem ein paar abgegrabbelte, reichlich fleckige Pornohefte, in dem anderen ein paar Handschellen und eine kleine Reitpeitsche.

„Sieh an, sieh an, der Hausherr hat Hobbys."

Das nächste Zimmer war das Badezimmer. Hier würde er bestimmt fündig werden, er suchte schließlich immer noch nach Haaren. Er stellte sich vor das Waschbecken und nahm die Utensilien auf dem Bord vor ihm in Augenschein. Einen Moment lang wunderte er sich über die muffige Feuchtigkeit in der Luft, dann wanderte sein Blick durch den Spiegel in die Badewanne, die ihm bisher verborgen blieb, weil sie hinter der Tür in eine Nische versteckt war.

Die Wanne war randvoll mit dunklem, schwarzem Wasser, auf dem vereinzelt kleine, dünne Schaumblasenreste herum schwammen. Dicht unter der Oberfläche wurde dunkler, seidiger Seetang von einer leichten, kaum fühlbaren Dünung sanft hin und her bewegt.

Steguweit zuckte zusammen wie eine Kuh am Elektrozaun. So hatte er sich das mit der Haarprobe von Sebastian Gnauser nicht vorgestellt.

Das mit dem Auto wuchs sich für Doesburg zu einer Leidensgeschichte aus. Er hatte schon jetzt keine Lust mehr, ein Autohaus auch nur aus der Ferne zu sehen.

Überall die gleiche Mischung aus Geldgier und Servilität, wobei er nicht wusste, was er schlimmer fand. Und wen immer er um Rat fragte, es nutzte nichts. Die Antwort fiel immer anders aus. Den Ford müsse er kaufen, nein, den Opel, den BMW, den Toyota, und so weiter und so fort. Ohne jedes System und ohne jeden Verstand. Das einzige Prinzip hinter dem Gebrabbel war, dass jede Made ihren Käse für den besten der Welt hielt.

Gestern Abend hatte er mit seiner Ex-Frau in Hannover telefoniert und ihr von seinen Autosorgen berichtet. Sie kannte ihn und wusste normalerweise, was er brauchte, jedenfalls war das bei Anziehsachen so. Warum nicht auch bei Autos? Sie überlegte kurz und verordnete ihm einen VW Polo, gebraucht, aber nicht zu alt. Am besten mit Automatik, falls es so etwas gäbe. Er würde nicht viel fahren, so ein Polo wäre sparsam und würde lange halten. Der würde zwar nicht viel hermachen, aber auch das würde ja zu ihm passen.

Also versuchte Doesburg es heute erneut bei VW. Fast erleichtert nahm er wahr, dass das großartige VW-Audi-Zentrum mit angegliedertem Porsche-Vertrieb im Bremerhavener Osten noch in voller Pracht vor sich hin protzte.

Natürlich erwischte er zunächst einmal den falschen Eingang und stolperte durch eine gummiriechende Ansammlung grellbunter Porsches, wo ihn niemand beachtete, hinein in die Audi-Ausstellung, in der einige Verkäufer automatisch angesichts des frühen Kunden die Köpfe hoben, was ihn seinerseits veranlasste, wie früher in der letzten Schulreihe reflexartig den Blick zu senken und sich blitzschnell unsichtbar zu machen.

Seine Hoffnung, in der VW-Ausstellung proletarische Verhältnisse anzutreffen, trog. Sein erster Blick fiel auf den neuen Zehnzylinder für schlappe Einhunderttausend, der zweite ging zu einem sagenhaft großen Auto, das kaum in eins der altertümlichen Parkhäuser Bremerhavens passen würde.

Der Phaeton, stand da. Das Original aus dem klassischen Altertum war doch schon bei seiner Jungfernfahrt ziemlich heftig abgestürzt? War da nicht was gewesen? Irgendwie kein gutes Omen, aber VW rechnete wahrscheinlich nicht mit humanistisch gebildeten Kunden, woher auch.

Weil er einen Moment gedankenverhangen vor dem Phaeton verharrte, hielt ihn der Chefverkäufer wohl für einen Interessenten dieses götterwagengleichen Geschöpfs und stürmte begeistert auf ihn zu.

Das Monstrum stand schon viel zu lange in der Halle, es gab es in Bremerhaven kaum jemanden, der sich an dieses prähistorische Ungeheuer herantraute, weshalb man in einer ersten Aufwallung von Verzweiflung auch das Preisschild entfernt hatte, um unauffällig Rabatte im freien Fall offerieren zu können. Der Verkaufsleiter unterbreitete denn auch gleich atemlos und begrüßungsersetzend das wichtigste Kaufargument.

„Den fährt die Bundeskanzlerin."

„Ah ja."

Einen Moment schwiegen beide andächtig.

„Wohin?"

„Wie bitte?"

„Ich meine, fährt die Bundeskanzlerin denn überhaupt lange Strecken? Ich dachte, die fliegt immer. Flugbereitschaft, Flugaffäre, Plantschen auf Mallorca, Sie wissen schon. Ich dachte, unsere Politiker fahren nur im Regierungsviertel herum."

Der Verkaufsleiter war etwas irritiert, fing sich aber gleich wieder.

„Schon, aber die Bundeskanzlerin braucht diesen Wagen zum Repräsentieren. Das ist ja schließlich ein Luxuswagen. Einen Kaffee?"

„Ach so, das wusste ich nicht. Gerne."

Der Verkäufer sah Doesburg aufmerksam an.

„Ich könnte Ihnen da einen Sonderpreis machen, einen ziemlichen Sonderpreis. Wissen Sie, davon gibt es nicht viele in Bremerhaven."

Doesburg winkte ab. Bloß keine weiteren Missverständnisse wie gestern mit Henning von Trottau und seinem klasse SL.

„Ich interessiere mich für ein anderes Auto."

Mühsam kramte er einen zerknitterten Zettel aus der Hosentasche.

„Ja. Hier steht's, hat mir meine, äh, Ex-Frau diktiert, was ich sagen soll. Also, ich brauche folgendes. Einen Polo mit Automatik, gebraucht, nicht zu alt, aber billig.

Haben Sie so etwas? Wenn es geht, in blau oder grün, bitte."

Der Verkaufsleiter drehte sich auf dem Absatz herum und blökte laut in eine der vielen Glaskabinen, in denen die Verkäufer tagsüber gehalten wurden.

„Mike, erledige du mal den Gebrauchtpolo hier."

Nach weiteren knappen zehn Minuten sehr rauer, ja fast unhöflicher Abfertigung hatte Doesburg erkannt, dass sein Wunsch ebenso exotisch wie unerfüllbar war. Das galt nicht nur für das Auto, sondern auch für den Kaffee.

Einen Polo, ja, wenn es sein muss auch gebraucht, aber keinen Diesel und keine Automatik. Und billig schon gar nicht. Wenig gebrauchte Polos seien genau so teuer wie neue, da könne er sich gleich einen aus der Fabrik kaufen. Man habe gerade einen schwarzen GTI mit Vollausstattung im Lager, ob er den mal sehen wollte? Da könne er ihm auch einen Hauspreis machen, vier Prozent unter Liste, wenn er nichts in Zahlung geben würde. Aber Doesburg reichte schon der Blick auf die Preistafel.

Der ketterauchende Verkäufer gab ihm schließlich noch zu verstehen, dass das hier ein Neuwagenautohaus und keine Gebrauchtwagenklitsche sei, dass man mittlerweile im zwanzigsten Jahrhundert angekommen sei und er sich gefälligst an die gültigen Preise gewöhnen solle, das Schmarotzertum sei nicht mehr so in. So lange könne er sich auch nicht mit einem Schmalspur-Kunden abgeben, er müsse schließlich Umsatz machen.

Doesburg fragte sich schon die ganze Zeit, woher ihm der Verkäufer bekannt vorkam, und jetzt wusste er es. Den hatte er vor Jahr und Tag einmal wegen irgendeiner Kokainsache hinter Schloss und Riegel gebracht. Doch der andere konnte sich offenbar nicht mehr an ihn erinnern und Doesburg beließ es dabei. Er hatte keine Lust, die Koksnase auch noch darüber zu belehren, dass im wirklichen Leben bereits das einundzwanzigste Jahrhundert angebrochen war.

Er hatte für heute genug Autokauferlebnisse hinter sich gebracht und wollte jetzt nur noch die kleine Reisschüssel ihrem rechtmäßigen Eigentümer zurückgeben. Er hatte sich auch schon eine gute Ausrede zurechtgelegt, warum er das kleine Ding nicht kaufen wollte. Auf die hatte ihn gestern Abend sein Nachbar mit der Bemerkung gebracht, das Auto habe ja außerordentlich winzige Räder, fast wie ein Tretroller. Er musste auf dem Gelände seines Segelvereins regelmäßig große Löcher durchqueren und nun hatte er Angst, mit dieser kleinen Kugel einfach da hineinzufallen.

Offiziell jedenfalls, inoffiziell war ihm dieses Auto innen einfach zu grau und trist. Da bekam man ja serienmäßig Depressionen. Außerdem würde er den Namen nie lernen. Hundei? So hieß vielleicht ein Menü beim Chinesen, aber da konnte man notfalls auf die Karte zeigen und kurz „wau" sagen.

In der Ferne konnte er das Gewerbegebiet schon in der Morgensonne glänzen und funkeln sehen, wenn man einmal von der großen, qualmenden Lücke absah, die der Ausfall des Autohauses Gnauser gerissen hatte. Es war schon erstaunlich, dass da nach über 24 Stunden immer noch Rauch aufstieg.

Vielleicht war das ja gar kein Brand, sondern nur das Orakel von der Luneplate, in dem der neue Autopapst von Bremerhaven gewählt wurde? Doesburg sah genauer hin, in der Tat, der Rauch war weiß. Wie in Rom beim Konvent. Jetzt noch den Petersdom und die spanische Treppe in die Gegend nageln und schon hätte man ein neues Touristenparadies auf der Luneplate, den „Pope-Park".

Er bog rechts in Richtung Canossa ab, als das Handy seine grausigen Gedanken unterbrach. Er sah auf dem Display, dass es Steguweit war.

Steguweit klang stolz.

„Ich habe schon wieder einen gefunden."

Eilers hatte keine Mühe, das Anwesen von Sebastian Gnauser in Bramstedt wieder zu finden.

Es war alles wie gestern, in Bramstedt würde sich auch erst nach dem nächsten Meteoriteneinschlag etwas zum Positiven ändern, selbst die auskunftsfreudige Nachbarin stand noch im Vorgarten, direkt neben einem unglaublich verschnittenen Busch, von dem nicht mehr viel mehr als der Stamm und ein paar verknickte Fransen übrig waren. Doesburg stürmte gleich ins Haus und ließ Eilers mit der Nachbarin alleine.

„Was ist denn hier los? Ist was mit dem Herrn Gnauser?"

„Sieht so aus, als wäre der Herr Gnauser tot."

„Tot?"

„Tot."

„Das ist ja schrecklich."

„Ja."

„Richtig tot?"

„Richtig tot."

Sie hielt einen Augenblick inne.

„Das war aber auch kein Leben mehr."

„Wie meinen Sie das?"

„Na, so alleine. Der Herr Gnauser hat ja niemanden mehr gehabt. Seine Frau hat ihn ja verlassen, vor Jahren schon. Die ist weg von hier. Der arme Mann. Der lebte ja so zurückgezogen."

„Könnten Sie sich vorstellen, dass der Herr Gnauser Selbstmord verübt hat?"

Die Nachbarin sah Eilers mit großen Augen an.

„Ja, was denn sonst?"

Sie schlug die Hand vor den Mund.

„Sie meinen doch nicht etwa … nein, nicht hier bei uns, das ist ganz und gar unmöglich. … Niemals."

Eilers sah interessiert neben der Frau zu Boden.

„Sagen Sie mal, was ist eigentlich mit dem Strauch hier los? Muss das so sein? Der sieht ja aus, als wenn hier eine marodierende Ziegenherde. …"

Im Flur drehte sich Steguweit erschrocken um, als Eilers durch die Haustür sprang, als sei der Teufel hinter ihm her. Von draußen dröhnten laute Flüche durch den Garten.

„Was ist denn da los?"

„Nichts. Die ist beleidigt, weil ich sie nach ihrer Botanik gefragt habe. Komische Leute hier draußen in der Pampa. Ziemlich empfindlich. Wo ist es denn?"

„Oben."

Eilers bahnte sich den Weg durch das viel zu enge Treppenhaus nach oben. Die Raufasertapete war in einem satten Dunkelbeige gestrichen, darüber hingen ein paar

Bilder und Fotografien. Gelbe Kornblumen vor blauem Himmel, grünes Gras vor weißen Bergen und blauem Himmel, roter Mohn vor beigefarbenem Korn und blauem Himmel.

Mehr Aufmerksamkeit verdienten die wenigen Familienschnappschüsse, die auf dem Treppenabsatz konzentriert waren. Fotos des Hausherren und einer ziemlich aufgetakelten Frau, so eine, die morgens mal eben locker zwei Stunden zum Fertigmachen braucht. So eine der Marke Ich-bin-Chefsekretärin-ich-bin-was-Besseres. Allerdings konnte sich das Ergebnis auch sehen lassen, wenn man aufgetakelte Frauen mochte.

Eilers mochte aufgetakelte Frauen. Frau Gnauser war eine große, nicht mehr ganz schlanke, aber immer noch sehr attraktive, irgendwie diabolische dunkelhaarige Frau mit großen Knochen und viel Make-up auf den Wangen. Allerdings war nicht zu erkennen, ob die Fotos jüngeren Datums waren. In diesem Haus schien außer dem Strom in den Steckdosen nichts jüngeren Datums zu sein.

Oben erwartete ihn Doesburg auf dem Treppenabsatz und zeigte stumm auf eine der Türen. Eilers holte instinktiv tief Luft und betrat das kleine Badezimmer, das halbhoch mit himmelblauen Kacheln gefliest war. Einfachwaschbecken, Ablage, alles in weiß, ebenso wie der Spiegelschrank, vermutlich die einzige Neuanschaffung hier seit zwanzig Jahren. Dahinter eine Waschmaschine, die gerade den schmalen Spalt zwischen Waschecken und Fenster ausfüllte. Auf der anderen Seite zwängte sich die Badewanne in eine enge Lücke.

Die Wanne war randvoll mit Wasser. Die zahnpastaweißen Arme und Beine ragten wie abgenagte Walfischknochen aus dem dunklen Badewasser. Der Kopf schwebte mit weit geöffneten Augen knapp unter der Oberfläche.

Vor der Wanne lag eine Bademtte, daneben ein Handtuch, darauf eine fast leere Flasche Dimple, ein umgestoßenes Glas und ein Blatt Papier.

„Das ist ja wie bei diesem Barschel."

„Hoffentlich nicht."

Doesburg hörte ihn, obwohl er im angrenzenden Schlafzimmer herumwühlte.

„Wieso?"

„Weil bei dem bis heute niemand herausgefunden hat, ob er ermordet wurde oder Selbstmord begangen hat."

„Da hätten die uns mal ran lassen sollen, wir hätten das im Handumdrehen gelöst."

Eilers sah sich den Zettel aus der Nähe an. DIN A4, weiß, billig, unscheinbar, mit dem bunten Briefkopf des Autohauses Gnauser versehen. Ein Rechnungsvordruck.

„Ich kann nicht mehr. Ich habe im Auftrag von anderen drei Betriebe angesteckt, um über die Runden zu kommen. Gestern ist dann etwas Furchtbares schief gegangen. Ich habe mein eigenes Autohaus angezündet, um die Feuerversicherung zu kassieren, aber dabei ist es zu einem schrecklichen Unfall gekommen. Drei Einbrecher, die ich zu spät gesehen habe, sind verbrannt. Damit kann ich nicht weiterleben. Verzeih mir!"

Das war keine Rechnung, das war eher eine Quittung für ein verpfuschtes Leben.

„Wer tippt denn einen Abschiedsbrief mit der Schreibmaschine?"

„Der Täter."

„Haha. Selten so gelacht."

Eilers war in Gedanken schon weiter durch die Wüste gewandert.

„Wenn das hier Sebastian Gnauser ist, wer ist dann der Tote in seinem Autohaus?"

„Siehst du, das ist bei uns auch nicht einfacher als bei Barschel damals."

„Quatsch, der gescheiterte Großkotz hat Selbstmord begangen."

„Wen meinst du jetzt?"

„Barschel natürlich."

„Ach so."

Steguweit polterte lärmend die Treppe herauf.

„Was macht Ihr denn noch hier? Außer Spuren zertrampeln? Raus hier."

Auf dem Treppenabsatz deutete Eilers auf die Fotos.

„Das ist vermutlich seine geschiedene Ehefrau."

Doesburg sah Eilers erstaunt an.

„Woher weißt du das denn?"

„Hat mir die Nachbarin erzählt."

„Dann hat er die vielleicht gemeint."

„Womit?"

„Mit dem Verzeih mir. Das richtet sich an jemand."

„Die wohnt in Krefeld."

7

Kriminalmeister Reinhardt Josten war stinksauer.

Seine Arbeit im Krefelder Kommissariat türmte sich bis zur Decke, fand er jedenfalls, niemand nahm auf irgendetwas geschweige denn ihn Rücksicht, seine Frau hatte ihm vergangene Woche eröffnet, dass sie es doch lieber ohne ihn versuchen würde, zu allem Überfluss hatte er auch noch herausbekommen (wozu war er sonst bei der Kripo?), dass sie ein Verhältnis mit einem Kollegen hatte, alles in allem eine tolle Woche also, so eine, in der man unbedingt krank machen muss. Außerdem musste er sehen, dass er eine neue Wohnung fand, irgendwo weit weg von seiner Alten und ihrem neuem Stecher.

Es war eine Sauerei, anders konnte man das nicht mehr bezeichnen, was seine Frau da mit ihm veranstaltete. Fremdgehen, einfach so, mit einem Kollegen, und ihm dann auch noch alles brühwarm erzählen! Die war ja nicht mehr ganz dicht. Natürlich ging auch er von Zeit zu Zeit fremd, aber es würde ihm nie einfallen, das an die große Glocke zu hängen. Höchstens mal ein paar Kollegen erzählen, beim Bier, aber mehr auch nicht. Und schon gar nicht seiner Alten.

Aber was machte die? Trieb es nicht nur mit einem Kollegen, was ja an sich schon Schmach genug war, nein, sie war sich nicht zu blöde, das auch noch quasi offiziell zu machen, indem sie ihn, ihren rechtmäßig angetrauten Ehemann, vor die Tür setzte und ihrem neuen Macker gleich Asyl bot. Wahrscheinlich trug die Arschgeige schon seine Schlafanzüge, obwohl der wahrscheinlich gar keine Schlafanzüge trug. Reinhardt Josten wurde kurzzeitig schlecht bei dem Gedanken, was der ohne Schlafanzüge in seinem Bett treiben würde.

Nicht, dass er besonders an seiner Frau hing, nach zehn Jahren war der Lack doch ziemlich ab, und Kinder konnte sie auch keine kriegen, also was sollte es, aber trotzdem war es eine fürchterliche Schmach. In seiner Gewichtsklasse verließ man die Frauen und nicht umgekehrt. Und wenn doch, hatte man genug Zeit, es in der Öffentlichkeit so darzustellen, als habe man selber die Initiative ergriffen. Aber dazu ließ ihm seine liebe Marita ja gar keine Chance. Da hätte sie ja gleich eine Annonce im Kreisblatt schalten können. Blöde Kuh, verdammte.

Und jetzt hatte man ihm auch noch so einen bescheuerten langweiligen Sonderauftrag an die Beine gebunden. Zwischen die Beine gebunden, das wäre der bessere Ausdruck gewesen. Denn eigentlich wollte er seiner Freundin in Oppum einen Besuch abstatten. Er hatte in fast jedem Stadtteil eine Freundin, aber heute hatte er Lust auf Miss Oppum. Die war so dämlich, dass sie ihm keine Fragen zu seiner Frau stellen würde, die wusste noch nicht einmal, dass er überhaupt verheiratet war. Vermutlich wusste die nicht einmal, was eine Heirat war. In Gedanken nannte er sie Miss Opossum.

Aber nein, er musste eine Schnitte in Bockum vernehmen, und das alles nur, weil deren Ex irgendwo in den norddeutschen Sumpfgebieten Selbstmord begangen hatte. Schwachsinnsaufgabe. Der Kerl hatte es richtig gemacht. Blöde Kühe, alle Weiber zusammen. Warum heiratete man die überhaupt? Er hatte überhaupt keine Lust auf noch so eine Richtige-Männer-Hasserin wie seine Marita.

Bestimmt wartete gleich irgend so eine grüne Tussi mit ungewaschenen Haaren und lila Strickpullover unter dem Blaumann auf ihn, die ihm irgendwas Gehirngewaschenes über Männer und Frauen vorfaseln würde und warum die nicht zusammen passten. Darauf hatte er so richtig Lust. Das würde ihm für heute, zur Abrundung eines beschissenen Tages, gerade noch fehlen.

Tröstlich war eigentlich nur, dass es von Bockum nicht weit nach Oppum war. Vielleicht konnte er seine Miss Oppum noch mit einem Quickie beglücken, bevor deren richtiger Freund, wie die doofe Kuh den nannte, auftauchte.

Da stand es, Gnauser. Er klingelte und zückte sein Notizbuch. Hoffentlich war niemand da, dann könnte er morgen wiederkommen oder, besser noch, morgen einen Kollegen herschicken, der sich dann das dummdreiste Frauengefasel reinziehen durfte. Bestrafen müsste man so etwas. Lesben, alles Lesben.

„Sie wünschen?"

Sie hatte heute nicht mehr mit Besuch gerechnet, aber der Typ vor der Tür sah durch den Spion harmlos aus, dünn, spaddelig, aufdringlich angezogen, das schwarze, dünne Haar mit einem Mittelscheitel verunstaltet und sorgsam per Fönwelle nach hinten geworfen, die jetzt, am späten Nachmittag, nicht mehr halten wollte. Gekrönt wurde das sonnenbankgequälte Mäusegesicht von dem im Rheinland so gerne genommenen Breitband-Schnäuzer mit steil hoch gezwirbelten Enden, der seinem Träger etwas musketierhaftes, verwegenes verleihen sollte, hier aber ein kleines Mäusegesicht in ein kleines Rattengesicht verwandelte, weiter nichts.

Der Mäusemann hielt ihr einen Plastikausweis so dicht vor die Nase, dass sie nichts erkennen konnte.

„Josten, Kriminalmeister Reinhardt Josten von der Kripo Krefeld. Reinhardt mit de-te. Darf ich reinkommen?"

Sie sah sich das Männchen noch einmal von Kopf bis zu den kleinen Füßen an. Es schwitzte bereits, aber das kannte sie schon. Gerade die kleinen dünnen Heringe gerieten bei ihrem Anblick rasch aus dem Häuschen.

„Ja, Herr Reinhardt. Worum geht es denn?"

„Äh, Josten, Reinhardt ist der Vorname. Reinhardt mit de-te."

„Ja, und?"

„Frau Gnauser, Sie sind doch die geschiedene Frau von Herrn Sebastian Gnauser aus Bremerhaven, nicht wahr?"

Sie registrierte mitleidig, dass er die Hälfte von diesem Text ablesen musste.

„Ja, und? Das ist alles schon lange her."

Das Männlein wand sich.

„Frau Gnauser, es tut mir leid, aber Ihr Mann ist, nun, wie soll ich das sagen, er ist, er hat, äh …"

„Er hat sich umgebracht? Ist es das, was Sie mir sagen wollten?"

„Ja, äh, es tut mir leid."

„Endlich. Das wurde aber auch Zeit."

Damit hatte Reinhardt Josten nicht gerechnet. Vor ihm stand eine Göttin! Eine Göttin, zu der er aufsehen musste.

Eine Göttin, zu der er gerne aufsah, das spürte er instinktiv.

Er war wie erschlagen. Groß war sie, mindestens einen ganzen Kopf größer als er, breit, aber keinesfalls dick, nein, eher eine Amazone. Der helle Wahnsinn! Mit einem luftigen Morgenmantel bekleidet, die unglaublichen Mengen ebenholzschwarzen Haares sorgfältig toupiert und streng zurechtgelegt, das Gesicht beziehungsweise das, was davon unter dem Make-up zu sehen war, aufs allerfeinste hergerichtet. Was für eine Frau! Diabolisch, rätselhaft, dominant, unglaublich. Josten begann unwillkürlich zu schwitzen und wischte sich in Sekundenabständen über die Stirn. Die in Leder und er in Handschellen …

„Heiß heute, nicht wahr?"

„Finden Sie?"

Er folgte seiner Göttin wie ein kleiner Hund unaufgefordert in das Innere des Himmelspalastes.

„Nehmen Sie Platz. Was wollen sie denn wissen? Soll ich den Idioten identifizieren?"

Josten wusste nicht, was er sagen sollte. Mein Gott, warum machte sie es ihm denn so schwer? War das ein Teil des Spiels? Was für ein Spiel?!

„Nein, nein, das ist nicht nötig. Aber die Kollegen in Bremerhaven möchten gerne wissen, wann Sie Ihren Mann das letzte Mal gesehen haben, und wie er da so war, ob er Feinde hatte und so weiter."

Sie taxierte ihn, was ihm gar nicht unangenehm war. Schließlich konnte er sich sehen lassen.

„Wann ich den Langweiler das letzte Mal gesehen habe? Vergessen. Spielt auch keine Rolle. Ob er Feinde hatte? Glaube ich nicht, dazu war er zu banal. Aber sagen Sie mal, hat er eigentlich noch diese Versicherung auf meinen Namen? Oder hat der Bastard die auf irgend so ein verdammtes Flittchen umgeschrieben?"

„Wie? Äh, keine Ahnung. Was für eine Versicherung?"

„Eine Lebensversicherung. Aber wie ich ihn kenne, hat er mich noch am Tag der Scheidung da rausgestrichen. Egal. Sonst noch etwas?"

Josten überlegte fieberhaft, wie er das Gespräch noch in die Länge ziehen konnte. Er wollte nur hierbleiben, nichts weiter. Seine Miss Oppum hatte er schon weit verstoßen, ganz weit, bis zum nächsten Mal, mindestens. Josten konsultierte seine mageren Notizen.

„Ja, also, wann waren sie denn das letzte Mal bei Ihrem Mann?"

„Sie meinen, wann ich das letzte Mal mit ihm geschlafen habe?"

Josten fühlte, wie er endgültig puterrot anlief und das Gehirn die Kopfhaut durchweichte.

„Nein, natürlich nicht, so intim, das, nein, wirklich nicht. Ich glaube, ich muss jetzt auch mal wieder, der Dienst, die viele Arbeit, Sie verstehen das sicher."

„Bleiben sie noch."

Das war dem Tonfall nach keine Bitte, sondern ein Befehl. Ein sehr angenehmer Befehl, dem er sofort gehorchte. Reinhardt Josten fühlte instinktiv, dass es nichts Schöneres geben konnte, als dieser Göttin bedingungslos zu gehorchen.

Sie stand auf und verschwand rauschend hinter einer der Türen. Mein Gott, was kam jetzt? Wenn er nur nicht so wehrlos wäre! Nach nur einer Minute kam seine Göttin wieder, äußerlich unverändert, wie er halb erleichtert, halb enttäuscht zur Kenntnis nahm, allerdings mit einer eiskalten Flasche Champagner in der Hand, die sie ihm jetzt reichte.

„Wenn Sie so freundlich wären, ich stelle mich dabei immer so ungeschickt an."

Sie drehte sich um und holte zwei Champagnerkelche aus der Bar.

„Sie stoßen doch mit mir auf den Tod meines Mannes an? Das muss gefeiert werden. Der Sack war übrigens impotent. Ohne Handschellen und Peitsche lief da gar nichts. Cheers."

„Ja, Prostata, wie man so sagt, hehe."

8

Die abendliche Zusammenkunft fand ausnahmsweise in den Räumen der Spurensicherung statt, was Eilers gar nicht behagte, da er dort nur den teerförmigen Aufschüttkaffee von Steguweit bekam. Steguweit hatte zu allem Überfluss auch noch das Einbringen sämtlicher krümelnder Gegenstände – das bezog sich natürlich auf Essen – verboten. Krümel würden die Beweise verwässern, meinte er. So ein Quatsch, wie sollte zum Beispiel trockener Butterkuchen jemals etwas verwässern? Das war eine Geschichte wie die von Jesus mit dem Dornbusch, die hätte vor keinem Gericht Bestand. Aber gegen Steguweit kam Eilers nicht an, also badete Eilers in seiner schlechten Laune und hörte Steguweits Ausführungen nur unkonzentriert zu.

„Der Fall ist soweit klar. In der Garage von Gnauser haben wir vier weitere Propangasflaschen gefunden und dazu mehrere elektrische Zünder. So Dinger, mit denen normalerweise Backöfen in Wohnmobilen angesteckt werden. Das war ziemlich trickreich gemacht. Der Gnauser hat elektrische Impulsgeber zusammengelötet, die man mit einem Anruf an ein angeschlossenes Handy auslösen kann. Dazu muss man schon was von Elektronik verstehen. Einfallsreich. Das hat was."

„Dann wissen wir jetzt auch, wozu das Handy im Schutt von Weddewarden diente."

„Allerdings."

Doesburg runzelte die Stirn.

„Aber kann man sich ernsthaft vorstellen, dass Gnauser alle vier Autohäuser in Brand gesetzt hat? Und vor sechs Jahren das Heim in Blumenthal? Der Typ scheint er nicht zu sein."

„Die Beweise könnten eindeutiger nicht sein. Die Begehungsweise, das Gas, die Sachen in seiner Garage, das Geständnis …"

„Hältst du das für echt?"

„Woher soll ich das wissen? Der Brief ist mit Schreibmaschine geschrieben. Die Maschine haben wir gefunden, die Fingerabdrücke auf dem Ding und auf dem Brief untersuchen wir noch. Aber wer schreibt seinen Abschiedsbrief schon auf der Maschine?"

„Vielleicht Gnauser. Motive für einen Selbstmord hatte er ja genug. Geschieden, alleine, pleite."

Eilers erwachte aus seiner Lebensmittelagonie.

„So gesehen müsstest du auch Selbstmord begehen."

Doesburg zuckte nur mit den Achseln, was Eilers noch mehr anstachelte.

„Warum sollte Gnauser überhaupt Selbstmord begehen? Das ist doch alles Quatsch."

„Vielleicht hat er in der Nacht zuvor tatsächlich seinen Betrieb angezündet und drei Unschuldige mit in den Tod gerissen."

„Ach, das sind doch alles bloß Vermutungen."

Doesburg sah Eilers jetzt frontal ins gerötete Gesicht und konnte das Grinsen gerade noch unterdrücken. Wenn Eilers wütend war, reagierte er wie ein kleines Kind, dessen Lutscher in den Dreck gefallen war.

„Dann sag mal, was du meinst."

Eilers ließ sich nicht zweimal bitten.

„Erstens glaube ich nicht, dass Gnauser Selbstmord begangen hat. Abschiedsbrief mit Schreibmaschine, wo gibt's denn so etwas? Und zweitens war das Mord, weil, wenn der Brief nicht echt ist, dann hat ihn jemand dahin gelegt ..."

„Ja, ja, und wer war der Täter?"

„Seine Frau."

„Seine Frau?!"

„Klar, wer sonst?"

Eilers sah triumphierend in die Runde wie ein Lemming beim Endspurt. Steguweit zog als Antwort eine Grimasse über den halben Tisch, als sei ihm unangenehm, was er jetzt sagen müsse.

„In diesem Fall könntest du ausnahmsweise einmal ins Schwarze treffen. Das hier haben wir im Schreibtisch von Sebastian Gnauser gefunden."

Steguweit zog eine goldumränderte Police der „Best-Treuhand Versicherungs-Compagnie" hervor und reichte sie herum.

„Das ist eine Lebensversicherung von 1987, die bei Unfalltod satte 10 Mio. DM verspricht."

„Wahnsinn. Wem?"

„Seiner Frau."

„Die in Krefeld?"

„Eine andere kenne ich nicht."

Eilers strahlte wieder. „Wenn das kein Motiv ist."

Doesburg war skeptisch. „Die zahlen doch niemals bei Selbstmord. Was soll das also? Die Frau begeht einen Mord, lässt es wie Selbstmord aussehen und geht dann leer aus? Wo gibt's denn so was? Vielleicht im Fernsehen, aber doch nicht im richtigen Leben. So dumm ist niemand."

Steguweit hatte die passende Antwort parat, und der Genuss darüber drängte aus jeder Gesichtspore.

„Stimmt nicht. Die Versicherung zahlt auch bei Selbstmord. Das ist noch eine von diesen alten Policen."

Doesburg schwieg einen Moment und blieb skeptisch.

„Ich weiß nicht. Nach dieser neugierigen Nachbarin sind die schon ziemlich lange im Streit auseinander. Bestimmt hat Gnauser seine Frau nach der Scheidung aus der Versicherung gestrichen. Das kann man der Police natürlich nicht entnehmen."

Eilers schnappte wie ein beleidigter Fisch nach Luft.

„Wen hat er denn eingesetzt? Seine Putzfrau bestimmt nicht, so wie es in der Bude ausgesehen hat."

„Wann ist Gnauser überhaupt gestorben?"

„Der Doktor meint, in der Nacht von Montag auf Dienstag."

„Was ist mit den sonstigen Spuren im Haus? Deutet da irgendetwas auf die Anwesenheit einer zweiten Person hin?"

Steguweit seufzte.

„Irgendetwas? Alles. Da ist seit dem Rausschmiss von Willy Brand nicht mehr Staub gewischt worden."

„Wir müssen den finanziellen Hintergrund von Gnauser durchleuchten. Das soll Köster machen. Dann müssen wir prüfen, ob er Alibis für die anderen Brandzeiten hat. Wo er 1996 war und so weiter."

Steguweit wollte etwas sagen, aber Doesburg war noch nicht fertig.

„Ich glaube nämlich auch nicht an einen Selbstmord."

Eilers schreckte hoch.

„Wie?"

„Ja, denn der Betrieb von Gnauser war nicht feuerversichert. Das wusste derjenige, der das Geständnis aufsetzte, nicht. Also war das nicht Gnauser."

„Sag ich doch. Seine Frau war's."

„Und wir müssen unbedingt dieser Spur mit dem Anschlag von Sechsundneunzig nachgehen. Ich werde die alten Akten durchsehen. Wir müssen versuchen, diesen Krawczyk zu finden. Wo der heute gemeldet ist, was der macht, ob es Verbindungen zu den letzten Bränden gibt."

Steguweit nutzte die Pause und kramte geräuschvoll in seinen Unterlagen.

„Ich muss jetzt gleich weg, aber ich hab noch was für euch. Wir haben die Chipkarte von dem Handy ausgelesen und die Anrufdaten von der Telefongesellschaft bekommen."

„Und?"

„Nichts. Das Handy war praktisch unbenutzt. Die Karte wurde vor etwa vier Wochen aktiviert, aber nie benutzt. Es wurde nur ein einziger Anruf registriert, und zwar ein eingehender Anruf. Das war alles. Der Anruf erfolgte Montagnacht ungefähr zu der Uhrzeit, als der Brand vermutlich ausgebrochen ist."

„Auf wen ist das Handy registriert?"

„Das ist ja das Komische. Die Person, auf die das Handy registriert war, hat den gleichen Namen wie der Inhaber des Mobiltelefons, von dem aus angerufen wurde. Da hat sich also jemand selber angerufen."

„Und wer war das? Jemand, den wir kennen?"

„Nein. Ich nehme ohnehin an, dass Name und Anschrift falsch sind."

Steguweit kramte umständlich nach einem Zettel.

„Ein Heiko Neumann. Anschrift im Verbrecherparadies Grünhöfe."

Er sah erschrocken auf die Uhr und bemerkte nicht die offenen Münder von Doesburg und Eilers.

„So, ich muss jetzt los. Ich bin schon viel zu spät dran."

Das Lokal lag mitten im Teufelsmoor und war nur über einen schmalen Sandweg zu erreichen. Ohne exakte Wegbeschreibung hätte Steguweit in der stockfinsteren Nacht niemals hierher gefunden.

Die Autobahn bis Ihlpohl, dann über Ritterhude nach Pennigbüttel, dort einige völlig verschlungene Wege über Jahrhunderte altes Kopfsteinpflaster und um bellende Köter herum, schließlich viele Kilometer weiter mitten ins Moor hinein. Als er schon sicher war, sich endgültig verfahren zu haben und von der nächsten Moorleiche aufgefressen zu werden, tauchte aus dem Nichts eine einfache Schranke auf, die rechts und links von zwei mächtigen Glatzköpfen in Bomberjacken und Springerstiefeln flankiert wurde.

„Parole?"
„Wie bitte?"
„Parole, sonst Beule, du Sack!"
„Steguweit. Ferdinand Steguweit. Der Chef weiß Bescheid. Ich bin neu."
„So siehste gar nicht aus."

Das Funkgerät krächzte ein paar Mal und Steguweit traute sich wieder zu atmen.

„Kannst rein, Oppa. Da rechts wird geparkt."

Nach ein paar Metern kam eine Baumgruppe in Sicht, hinter der sich das Lokal sorgfältig versteckte. Steguweit wollte seinen Mercedes gerade abschließen, als er von einem anderen Skinhead angeblafft wurde.

„Offenlassen."
„Wieso das denn?"
„Trauste uns nicht?!"
„Äh, doch, sicher, aber …"
„Na also. Schlüssel her."

„Wie?"

Der Skin kümmerte sich nicht weiter um Steguweit und blökte stumpf in sein Funkgerät.

„Hier macht so'n Macker Stress. Soll'n wir den klar machen?"

Steguweit konnte die Antwort nicht hören, aber er wurde jedenfalls nicht sofort klar gemacht. Er wartete fast eine Minute mit zunehmend schlotternden Knien neben dem breit grinsenden Skin, der sich immer wieder genussvoll einen Schlagring über die rechte Hand stülpte.

„Mensch, Ferdinand, das ist aber schön!"

Eine schwere Hand fiel von hinten krachend auf seine Schulter. Steguweit zuckte zusammen und drehte sich nervös um.

„Oh, hallo Wolfgang, also, das ist hier aber irgendwie anders, als ich mir das gedacht habe. Ganz anders. Also, weißt du."

Der Skin mischte sich herrisch ein.

„Der Opa will uns seine Autoschlüssel nicht geben."

„Ja, Ferdinand, das ist hier leider nötig. Das sind reine Vorsichtsmaßnahmen. Du glaubst ja gar nicht, mit welchen Problemen wir zu kämpfen haben. Unterwanderung, Gegenspionage, Spitzel! Da müssen meine Jungs ganz einfach auf der Hut sein. Die machen nichts kaputt, die klauen auch nichts, dafür lege ich meine Hand ins Feuer. Alles brave Jungs. Weißt du, Ferdinand, wir haben hier keine Geheimnisse voreinander. Das ist das Grundprinzip unserer Gemeinschaft. Aber jetzt komm rein, wir heben erstmal einen."

Steguweit war eigentlich ein braves Kind gewesen. Eines Abends jedoch hatte er aus Liebeskummer einen Packen Altpapier im Keller seines Elternhauses angezündet. Der Effekt war ähnlich wie heute. Rauch und Gestank in der Luft, umher schreiende Menschen, später Arschvoll.

Der Saal war groß, dunkel, überfüllt und heiß wie ein Hochofen. Fast nur Männer in zwei Altersgruppen, unter vierzig und über vierzig. An allen strategisch wichtigen Punkten warfen sich grimmige Saalwachen mit Baseballschlägern in die Brust.

„Komm her, setz dich zu uns. Ich stelle dich den wichtigen Leuten vor."

Steguweit wurde zu einem großen runden Eichentisch voller Biergläser in der vordersten Reihe, unmittelbar am Rednerpult, geschubst. Um ihn herum hockte ein gutes Dutzend rotgesichtige Trinkernasen mit glasigen Augen und speckigen Flecken unter den verfärbten Achselhöhlen.

„Das ist der Ferdinand. Der Ferdinand kommt aus Hamburg und ist jetzt ein ganz hohes Tier bei der Bremerhavener Kripo. Aus dem wird noch mal richtig was. Der Ferdinand will bei uns mitmachen. Ich brauche euch ja nicht zu erzählen, wie wichtig ein Mann in seiner Position für uns ist. Gerade jetzt!"

Eine über die Maßen gestresste Volksdeutsche knallte unvermittelt einen überlaufenden Humpen vor Steguweit auf den Tisch.

„Da."

Sein Mentor winkte ihm zu.

„Prost, Ferdinand."

„Ich muss noch fahren. Kann ich nicht ein Mineralwasser ..."

„Da mach dir mal keine Sorgen, wir kennen die Kollegen von dir. Die drücken bei solchen wie uns alle Hühneraugen zu. Prost!"

„Also, ich weiß nicht ..."

„Trink, Ferdinand. Notfalls stelle ich dir einen Fahrer. Vielleicht finde ich ja sogar einen mit Führerschein, haha."

Guter Witz, fanden jedenfalls seine Nachbarn, die ihn gespannt anstierten, als stünde Steguweit vor der Prüfung seines Lebens.

Steguweit gehorchte ängstlich, nahm einen tiefen Zug und fühlte sich gleich besser.

„Jetzt kommt der offizielle Teil, Ferdinand, danach wird's gemütlich."

Hinter dem Rednerpult hatte ein kleiner kahlköpfiger Mann mit ziemlicher Wampe und Ohrring Aufstellung genommen, dessen kahler Schädel tropfte. Sein Nachbar brüllte Steguweit etwas ins Ohr, was der nicht verstand.

„Was?"

„Das ist Ralf Böhmermann, unser Sektionsleiter."

„Sehr gut."

Steguweit orderte vorsichtshalber noch ein Bier, das in Rekordtempo vor ihm stand, noch bevor Böhmermann los schnarrte. Die Rede war wegen des Lärmpegels schwer zu verstehen, aber die anderen schien das nicht zu stören, sie wussten offenbar vorher, was Böhmermann zum Besten geben würde.

Soweit Steguweit etwas verstand, bot Böhmermann Lösungen für nationale Probleme an, zu allererst natürlich für das der Überfremdung. An der Stelle spitzte Steguweit die Ohren.

Was tun mit ausländischen Schmarotzern?

Erst mal war das schon begrifflich doppelt gemoppelt und dann gab's da nur eins: Ausweisen, alle ausweisen. Sofort und mitleidslos, sobald sie auch nur einen Fuß in das Sozialamt setzten oder einmal nur mit dem Strafgesetzbuch in Konflikt kämen. Oder falsch parkten oder sich mit nacktem Oberkörper in der Öffentlichkeit zeigten. Oder nach Knoblauch stanken. An der Stelle beschlich Steguweit wegen des Zazikis vom Vorabend leise ein schlechtes Gewissen.

Ausweisen war billig, effektiv und schnell. Rechtsschutz? Klar, aber hinterher und nur gegen Vorkasse. Damit würde man Familien auseinanderreißen? Quatsch, die Familien würden ja mit ausgewiesen, mit Mann und Maus. Opa und Oma inklusive. Alles weg. Und diesen Quark mit der Einbürgerung könnte man sich auch gleich sparen. Es gab schließlich genug richtige Deutsche.

An der Stelle tobte der Saal. Steguweit orderte schnell noch ein Bier.

Dann blieb nur noch das Problem mit den schmarotzenden Deutschen. Das war schwieriger zu lösen, aber Böhmermann wusste auch hier Rat. Sozialhilfe nur noch gegen Arbeit. Was für Arbeit? Na, zum Beispiel Rasen mähen, Autos waschen, Straßen fegen, Müll einsammeln, auf dunkelhäutige Ausländer aufpassen, damit die keine hellhäutigen Frauen vergewaltigten, die Grenze bewachen, neue Gefängnisse bauen. Arbeit gab es ohne Ende, man musste nur mit offenen Augen durch die Welt gehen.

An der Stelle verlor Steguweit den Faden und vertiefte sich in sein Glas. Der Mann hatte ja Recht, da brauchte er ihm nicht auch noch zuzuhören.

Neben Steguweit saß eine unfreundliche junge Bulldogge mit Stoppelhaarschnitt, die laut Beifall spendete.
„Toll, der hat's drauf, was? Ich bin der Gerald. Gut, dass wir jetzt auch Leute von der Kripo haben. Das wurde auch Zeit."
„Ich überlege noch …"
„Ach Quatsch, was gibt es da denn zu überlegen? Zu uns gibt's doch gar keine Alternative. Bei welcher Partei sonst gibt's ständig Freibier? Prost, Ferdi."
Hätte ein Unbekannter Steguweit im normalen Leben Ferdi genannt, dann hätte der noch seinen Enkelkindern davon berichten können. In dieser unkalkulierbaren Umgebung passte man sich jedoch besser den Sitten an, außerdem war Steguweit wie in Watte gepackt.
„Prost, äh …"
„Gerald."
„Prost, Gerald."
Sie nahmen einen tiefen Schluck.
„Sag mal, Ferdi, woran arbeitest du denn so?"
„Ach, ganz verschiedene Sachen."
„Nun tu mal nicht so. Wolfgang hat gesagt, du wärst ein großes Tier. Also?"
„Na ja, ich bin Leiter der Spurensicherung. Das ist schon was."
Gerald sah ihn mit Schweinsäuglein von der Seite an.
„Was ist denn eigentlich mit diesen brennenden Autohäusern los? Ich meine, habt ihr da schon eine heiße Spur?"
Steguweit atmete auf. Ein unpolitisches Thema.
„Schon. Wir verfolgen da mehrere Spuren. Das sind raffinierte Bombenleger, aber wir kriegen die schon noch."
Gerald nickte beifällig.

„Sind das gemeine Versicherungsbetrüger?"

Steguweit stierte der volksdeutschen Bedienung hinterher, an der er nach drei Maß erste weibliche Rundungen zu entdecken meinte.

„Wie? Äh, vielleicht, weißt du, das ist noch nicht raus. Immerhin hat es da auch Tote gegeben."

„Mord?!"

„Zufall war das bestimmt nicht."

„Sind da nicht schon drei Leute umgekommen? So stand das in der Zeitung."

„Vier. Puh."

Vier halbe Liter waren für seine Verhältnisse dreieinhalb halbe Liter zu viel, aber Gerald schien nichts zu merken. Er sah Steguweit durch den Bierdunst hindurch interessiert an.

„Das ist ja ein Ding. Was könnte da denn passiert sein?"

Der Alkohol lockerte Steguweits Zunge und machte sie gleichzeitig schwer.

„Mold. Das war bestimmt Mold. Der hat die versehentlich abgefackelt und dann hat er Selbstmold begangen, oder seine Frau war das. Prost, Geri."

„Ja, Prost Ferdi. Tatjana! Noch zwei!"

Die zwei kamen in Windeseile. Steguweit war nicht sicher, was gleich geschehen würde.

„Wieso seine Frau?"

„Was für 'ne Frau?"

„Na, du hast doch eben gesagt, dass seine Frau den einen abgemurkst hat."

„Ach so, stimmt. Sind doch immer die Frauen, ne, Geri? Bist du auch verheiratet?"

„Manchmal."

„Manchmal! Super! Soll ich dir mal was sagen, mein Freund?"

Steguweit hing mit seinen feuchten Lippen jetzt fast am Ohr von Gerald, um den infernalischen Lärm zu besiegen.

„Frauen sind, aaaah, Mist ..."

Steguweit konnte sich nur noch schemenhaft an den Rest der Veranstaltung erinnern. Als er aufs Klo wankte, um seinen Anzug abzuwischen, das meiste hatte zum Glück ohnehin Geri abbekommen, wähnte er sich vollends im Fieberwahn, weil er diesen fetten Gauleiter Böhmermann Arm in Arm mit Alraune Elvers in einer schummerigen Ecke erkannt haben wollte. Steguweit zwinkerte dreimal, sah immer noch das Gleiche, ging aufs Klo, trank die halbe Wasserleitung aus und verschwand durch die Hintertür.

„Ich fahr dich. Befehl vom Chef."

Der Autoskin mit dem Schlagring setzte sich breit grinsend ans Steuer. Steguweit merkte nicht, dass das Autoradio fehlte, er musste sich viel zu sehr darauf konzentrieren, seinen Mageninhalt an Ort und Stelle zu behalten. Der Skin raste wie ein Vollidiot, aber Steguweit war nicht in der Verfassung, sich einzumischen.

„Weissu überhaupt, wohin ich hin muss?"

„Klaro. Auffn Friedhof. Hier, trink 'n Schluck."

Steguweit wollte nicht.

„Trink!"

Steguweit trank.

Als er wieder aufwachte, hielt er das Lenkrad wie einen Schraubstock umklammert. Seine Hosenbeine waren feucht und schwer. Die Straßenschilder sahen seltsam grau und dunkel aus, und die unzähligen entgegenkommenden Autos hupten und blendeten ihn wie Sau. Zum Glück stand der Wagen am Straßenrand.

„Verdammt, macht doch das Licht aus!"

Die Lichter wurden immer heller und Steguweit musste ganz dringend pinkeln. Außerdem hatte er hämmernde Kopfschmerzen. Er versuchte gerade, sich daran zu erinnern, wo die Idioten im Werk den Türgriff an seinem Auto montiert hatten, als es richtig laut wurde.

„Kommen Sie sofort da raus, Sie verfluchter Selbstmörder."

9

Grünhöfe sah im Sonnenschein und in der klaren Frühlingsluft des frühen Morgens noch schlimmer aus als sonst. Woanders kaschierte und versöhnte Sonnenschein, hier verhärtete er die rauen, phantasielosen Strukturen und leuchtete noch den letzten Rattenwinkel voller weggeworfener Heroinspritzen gnadenlos aus. Die vielen Autos auf den schier endlosen Parkplätzen überstrahlten die Spielen Verboten-Schilder locker. Selbst bei Sonnenschein war der Regen noch allgegenwärtig, unübersehbar vertreten durch die schwarzen Schlieren, die überall von den Fassaden herunterhingen.

Frau Neumanns Augen waren noch immer voller Angst, aber nach und nach begann die Trauer sich mit dunklen, trüben Schleiern durchzusetzen. Doesburg blickte hilflos zurück.

„Haben Sie etwas Neues?"

„Nein. Leider nicht. Die Obduktion findet heute Vormittag statt, ich hoffe, dass wir danach etwas Genaueres sagen können."

„Das waren Heiko und Andi in dem Auto, wer soll das denn sonst gewesen sein?"

„Das wissen wir nicht, aber wie gesagt, heute Vormittag werden wir ein Ergebnis haben."

„Was wollen Sie dann hier?"

„Ich müsste noch einmal Heikos Zimmer sehen."

Frau Neumann trat wortlos zur Seite. Die Wohnung war still; sie ahnte seine Gedanken.

„Die Kinder kommen erst am Nachmittag. Ich konnte heute nicht …"

Sie zeigte wortlos auf die Tür von Heikos Zimmer und verschwand in der Küche. Doesburg ahnte, dass sie sich jetzt einen Doppelten einschenken würde.

Die Schublade mit den Handys war noch unangetastet, vorsichtig nahm er die Geräte mit einem Tuch heraus und packte sie in eine Plastiktüte.

Dann besah er sich das Zimmer genauer. Es war ein billiges Jugendzimmer inklusive Vergiftung der Bewohner durch Formaldehyd im Pressspan. In einem improvisierten Schreibtisch fanden sich Unterlagen über Heiko Neumanns Ausbildung zum Kfz-Schlosser in einem Autohaus Homann in Bremerhaven, über seine Rückstellung vom Wehrdienst aus Ausbildungsgründen und über ein Konto bei der Postbank ohne besondere Ein- oder Ausgänge, wenn man mal von der Ausbildungsvergütung und kleineren, unbedeutenden Beträgen absah.

Er packte die Unterlagen in seine Tüte und klappte die Türen des kleinen Nachttisches auf. Er wollte sie gerade wieder schließen, als ihm auffiel, dass die Rückwand farblich nicht mit dem jugendlichen Metallic-Silber der übrigen Möbel harmonieren wollte. Auch das gewagte Feuerrot, mit dem alle Türen im Zimmer verkleistert waren, fand hier keinen Widerhall. Die Rückwand des Nachttisches war grob aus einer braunen Resopalplatte gezimmert. Zwar traute er dem Hersteller dieser Jugendzimmermöbel manches zu, aber mit diesem unpassenden Abschluss war seine Kriminalistenneugier geweckt. Er hob den federleichten Tisch hoch und stellte ihn auf das Bett. Die Rückwand war nur lose eingeklemmt. Dahinter befand sich ein schmaler Hohlraum, den Heiko Neumann gewinnbringend nutzte.

„Frau Neumann, könnten Sie mal einen Moment kommen?"

Sie erschien mit rotem Kopf und ziemlich aufgelösten Haaren auf der Schwelle.

„Ja, was ist?"

Er hatte wohl richtig gelegen, sie musste der Flasche zugesprochen haben.

„Hier. Wussten Sie das?"

Er ließ die Frau nicht aus den Augen, aber ihre erste Reaktion schien ihm ehrlich und ungekünstelt zu sein.

„Wo haben Sie das denn her?"

Er antwortete nicht, sondern sah sie unverwandt an.

„Das gehört Heiko nicht. Das kann ihm gar nicht gehören. Woher soll er denn so viel Geld haben? Heiko war doch nur Lehrling. Er hatte doch kaum etwas."

„Das ist noch nicht alles. Da sind zehn nagelneue Handys drin. Die Dinger kosten ein Heidengeld."

Frau Neumann sah ihn erschrocken an.

„Sie meinen doch nicht etwa, dass ..."

„Außerdem sind das hier mindestens 10.000 Euro, schätze ich mal. Für einen Lehrling ist das ziemlich viel Geld, finden Sie nicht? Und wenn das sein Geld ist, warum hat Heiko das nicht auf seinem Postbankkonto eingezahlt?"

Frau Neumann war zu so einem kleinen Häuflein Elend zusammengesunken, dass er sich nicht traute, ihr auch noch davon zu erzählen, dass in Bremerhaven reihenweise Autohäuser in Flammen aufgingen, sobald ihr kreuzbraver Sohn eines seiner Handys benutzte.

„Können Sie mir sagen, wo ich seine Freunde finde?"

Doesburg hatte die Wahl. Roland Borchers, Dennis Klein und Heino Wichers, das waren die Kumpel von Heiko Neumann und Andreas Warner, die sich selber als Trauergemeinde bezeichnet hatten.

Frau Neumann hatte ihm nicht sagen können, wer von den drei Musketieren der Rottenführer war, so dass er nach dem Zufallsprinzip agierte, das ihn schließlich zu einer dürren Schwester von Heino Wichers führte, die ihn an der Haustür unangenehm lange von oben bis unten musterte, als wäre er ein Kunde, und ihn dann mit ein paar kurzen Worten in den Keller schickte. Da würden die Idioten ständig zusammenhocken. Immer den Hakenkreuzen nach.

Doesburg musste sich die Nase zuhalten, als er in den Keller hinabtauchte, so sehr stank es nach Müll und Pisse. Zwei Katzen jaulten zwischen seinen Beinen davon, als er eine Feuertür aufschob. Vom Ende des langen Flures lärmte Remmidemmimusik, und die Dichte der Hakenkreuzschmierereien nahm mit jedem Meter zu. So ähnlich musste es im Kindergarten des Führerbunkers zugegangen sein.

„Das Reich wird wiederkommen bald, unsere Feinde hängen im Wald, dann wird es richtig kalt, nur nicht in Auschwitz, diesem Judenwitz, da wird's wieder warm, auf dass sich einer der Öfen erbarm."

Auf der Tür, hinter der diese Töne von jemandem hervorgegurgelt wurden, der weder texten noch singen konnte, stand in großen Kinderbuchstaben „DPU-Secktionsbürro Grünhöfe".

Er klopfte unangemessen höflich an, aber das war bei dieser Lärmkulisse sinnlos. Also das machen, was hier sowieso angesagt war. Tür zackig aufreißen, eintreten, strammstehen. Doesburg beherzigte alles, mit Ausnahme des Strammstehens.

Niemand nahm von ihm Notiz.

Er stand in einem großen, fensterlosen Kellerraum, der von ein paar Neonleuchten, um die Reichskriegsflaggen geschlungen waren, schwach beleuchtet wurde. Das wenige Licht wurde durch den starken Zigarettenqualm noch weiter gefiltert. Im Hintergrund hatte jemand eine ausrangierte Theke aufgebaut, deren Zapfanlage jedenfalls funktionstüchtig war, davor standen wahllos ein paar Tische und Stühle im Raum herum. Die Wände mussten als Plakatständer herhalten. „Das Inland den Inländern", „Steuern für Arbeiter", „Für ein sauberes Deutschland ohne Drogen". Darunter richteten an einem dreckigen Campingtisch vier Jugendliche eifrig Leber und Galle zugrunde.

Doesburg versuchte erfolglos, sich bemerkbar zu machen und marschierte dann schnurstracks zu der gewaltigen Musikanlage, die man auch für eine Waschmaschine halten konnte. Doesburg fand auf die Schnelle den Knopf zum Abstellen nicht und zog einfach am Stecker. Mit einem Blitzschlag erstarb das Gegrunze, und die vier Jugendlichen an dem Tisch blickten drohend vom Grund ihrer Biergläser auf.

Doesburg zog seinen Ausweis.

„Ihr wisst ja wohl, dass das verboten ist. Diese Musik und die Plakate, die Hakenkreuze und so weiter. Also?"

Mit dieser Eröffnung hatte die Horde nicht gerechnet, die vier glotzen abwechselnd sich und Doesburg an, konnten sich aber zu keinem Wortbeitrag entschließen.

„Und es ist auch nicht gerade das Wahre, so früh am Morgen zu saufen. Hier gibt es ja nicht mal eine Toilette. Wer von euch ist Heino Wichers?"

Der Kleinste und Dünnste wischte sich irgendwelchen Rotz aus der Nase und verteilte die schleimigen Fundstücke vor sich auf dem Tisch.

„Ich. Das ist Zweigrammhirn. Supermucke. Mach wieder an."

„Nein. So was ist verboten. Hört lieber Britney Spears. Und wer von euch ist Roland Borchers?"

Ein tätowierter Brocken ohne Haare schnaubte.

„Ich. Britney Spears ist Scheiße."

„Und wer ist Dennis Klein?"

Ein farbloses Bürschlein mit seltsam verbeultem Gesicht und Kampfhosen meldete sich keck.

„Ich. Ist das verboten?"

„So blöde Fragen sind verboten. Und wer sind Sie?"

Der Vierte im Bunde war etwas älter als die anderen. Doesburg schätzte ihn auf Anfang bis Mitte zwanzig, groß, blond, blauäugig, Seitenscheitel, darunter ein scharfes, kaltes Gesicht mit dünnem Oberlippenbart.

„Warum wollen Sie das wissen?"

Aha, der Herr Gauleiter.

„Weil Sie hier Straftaten verüben. Soll ich meine Kollegen rufen?"

„Wie wollen Sie das machen? Hier unten geht kein Handy."

Grins, gacker. Wie im Kindergarten.

„Haben Sie Ihren Namen vergessen? Passiert das öfters? Sollen wir mal nachschauen, ob Ihre Mama Ihnen einen Zettel mit Name und Adresse um den Hals gehängt hat?"

Die drei anderen beobachteten den Schaukampf wie Preisrichter. Der Blondschopf gab unerwartet lässig und locker mit der Arroganz des Mächtigen auf.

„Ole Abramowski. Ich bin bald Abgeordneter der DPU. Dann können Sie hier nicht mehr so reinschneien, dann kriege ich Immunität. Was wollen Sie überhaupt?"

Abramowski sah eher nach Immunschwäche als nach Immunität aus.

„Kennen Sie einen Heiko Neumann und einen Andreas Warner?"

Doesburg konnte förmlich den Seufzer der Erleichterung hören. Ach so, um die ging es bloß. Kein Problem, der Bulle war nicht wegen der Nazisachen gekommen.

„Ja. Klar. Was ist mit denen? Die sind doch tot?"

„Sieht so aus."

Doesburg nahm sich einen der Stühle und setzte sich. Seine Hand klebte an der Lehne fest.

„Mich interessiert besonders Heiko Neumann. Was war das für einer? Hatte der Geld?"

Keiner antwortete.

„Leute, ich kann euch hier richtig Stress machen. Vergesst das nicht. Und glaubt mir, das würde mir ordentlich Spaß machen, denn in kann diese ganze hirnlose Nazi-Kacke überhaupt nicht leiden. Das würde vermutlich auch der tollen DPU nicht gefallen. So kurz vor den Wahlen noch wegen Straftaten in den Zeitungen, das kommt nicht gut, glaub mir, auch bei eurem komischen Verein nicht. Also los. Heiko Neumann oder euer Scheißladen. Und schnell, ich habe keine Lust zu erstinken."

Es klappte nach einer Weile, vermutlich war der Hinweis auf die Partei und deren weiteres Schicksal angekommen. Der blonde Führer ergriff schnarrend das Wort.

„Heiko hatte schon ziemlich viel Geld. Ich habe aber keine Ahnung, woher er das hatte."

Er sah seine besoffenen Mitstreiter aufmunternd an. Jetzt war das Fußvolk an der Reihe. Dennis nahm die Aufforderung an.

„Ich glaube, der Heiko hat Radios geklaut. Radios, Autotelefone und so'n Zeugs. Zusammen mit Andi."

„Andreas Warner?"

„Ja, Mann. Wer denn sonst?"

„Und an wen hat er das Zeugs verkauft? An euch?"

„Nee. Der Heiko hatte einen Großabnehmer. Der hat ihm auch immer die Tipps gegeben."

„Was für Tipps?"

Dennis wand sich.

„Na, wo er klauen gehen sollte."

„Und wo war das?"

„Na, immer da, wo es später gebrannt hat. Ist doch logo. Wer sucht denn in verkohlten Autowracks noch nach Radios oder Einbruchspuren? Risikolose Sache."

Dennis griff instinktiv zum leeren Bierglas und sah in die Runde. Jetzt war jemand anderes dran. Doesburg nahm Roland Borchers ins Visier, dessen tätowierter spitzer Schädel im Neonlicht unappetitlich weiß glänzte.

„Dann hat Heiko also die Brände gelegt?"

„Nee, hat er nicht. Damit hat Heiko nichts zu tun. Er wusste nur, wo es wann brennen würde. Das war alles."

„Dann kannte er aber den Brandstifter."

„Sieht so aus, Mann."

„Und? Wer war das?"

Borchers grinste ihn an, als habe er nicht mehr alle Tassen im Schrank.

„Mann, wenn wir das wüssten, dann würden wir dir das gerade sagen. Da würden wir selbst was draus machen."

„Was denn?"

„Kohle, Mann. Kohle. Was denn sonst?"

Doesburg brannte die Kehle wegen der schlechten Luft. Kein Wunder, dass die so viel soffen.

„Und der Hehler? Wer war das? Kennt ihr wenigstens den?"

„Nee. Mann, wenn wir wüssten …"

„Schon gut, ja, dann würdet ihr Schlaumeier den erpressen. Ich hab's kapiert."

Doesburg verließ den Keller aufatmend. Als er schon wieder auf dem Flur die Hakenkreuze bergauf ging und sich in Sicherheit wähnte, hörte er hinter sich die Tür klappen. Er drehte sich sofort mit einem unguten Gefühl um. Diese Nazideppen in ihrer geballten Dummheit machten ihm Angst. Der blonde Obersturmbannführer in spe Ole Abramowski stakste tatsächlich mit langen Schritten hinter ihm her, sah aber eher besorgt als bedrohlich aus.

„Hören Sie, machen Sie uns jetzt Ärger? Ich meine, die Partei, wenn das Ärger gibt, dann lässt die mich wie eine heiße Kartoffel fallen. So kurz vor den Wahlen."

Doesburg konnte es kaum glauben, aber in den Eisaugen des Jugend-Blockwarts glomm so etwas wie ein verzweifeltes Flehen auf.

„Weiß ich noch nicht. Geholfen habt ihr mir ja nicht sonderlich. Warum sollte ich euch da helfen?"

Abramowski druckste herum.

„Also, ich weiß da noch etwas. Aber von mir haben Sie das nicht!"

„Was denn?"

Abramowski sah sich konspirativ im kahlen Flur um. Ihm schien zu gefallen, was er sah, denn er grinste schief.

„Der Heiko hat Geschäfte mit seinem Chef gemacht. Mit den Radios und so weiter. Hat er mir mal gesagt, weil ich ein Handy brauchte. Er hat gemeint, das ginge nicht, die wären alle für seinen Chef reserviert."

„Chef? Meinen Sie den aus dem Betrieb, in dem er lernt?"

„Ja. Lassen Sie uns jetzt in Ruhe?"

„Nur, wenn das stimmt, was du mir eben erzählt hast. Sonst hetze ich euch den Verfassungsschutz auf den Hals."

Auf dem Weg zu Heiko Neumanns Betrieb kam er ins Grübeln.

Heiko Neumann war Lehrling, hatte aber einen eigenen Wagen, eine Unzahl Handys und viel Bargeld. Er selber hätte nach 25 Berufsjahren nicht so viel Bargeld in seinem Nachttisch bunkern können. Also musste da etwas faul sein. Aber was? Hing Heiko Neumann irgendwie in der Brandstiftersache mit drin? Gab es vielleicht sogar Verbindungen zur rechtsradikalen Szene? Immerhin hatte sich für seine Kumpel gleich ein Nazi-Anwalt gemeldet. Das würde zu der Geschichte mit dem Asylbewerberheim in Blumenthal passen. Das war sicher das Werk von Neonazis. Aber wo war der Zusammenhang? Und was hatte der Chef seines Betriebs mit der Sache zu schaffen? War das vielleicht auch ein Nazi?

Wie auf Bestellung holperte über ihm ein Plakat der DPU durch.

„Für eine bessere Polizei."

Das könnte denen so passen. Er würde unter keiner Regierung besser arbeiten als bisher, wozu auch. Es reichte doch, die meisten bekam er sowieso.

Nicht, dass es schwer war. In Bremerhaven wurden Tötungsdelikte überwiegend von völlig fertigen Junkies begangen, die man später lallend am Tatort einsammeln konnte. Das größere Problem war oftmals, die Täter bis zur Einlieferung in das Gefängniskrankenhaus am Leben zu erhalten.

Und die Geschichte mit der ständig zunehmenden Kriminalität war nichts weiter als populistische Volksverblödung. Klar war die Statistik in einigen Teilbereichen alarmierend, aber das betraf fast nur Drogen- und Beschaffungsdelikte. Und gegen Drogen war die Polizei schon lange machtlos, das war eine Aufgabe für die Gesellschaft und die Politik, nicht aber für ihn und seinesgleichen. Die Polizei hatte ihre Unfähigkeit in diesem Zusammenhang längst nachhaltig bewiesen.

Die Luneplate kam in Sicht. Er hatte Heiko Neumanns Ausbildungsordner im Gepäck und suchte nach dem Autohaus Homann. Als er es fand, sträubten sich ihm die Nackenhaare.

Der dicke Verkäufer mit den Hundeautos grinste ihn immerfreundlich an.

„Na, haben Sie es sich noch einmal überlegt? So schlecht sind unsere Autos gar nicht."

„Das mag schon sein, aber Sie wissen ja, die Reifen sind so winzig ..."

Der Verkäufer brach in wieherndes Lachen aus.

„So eine blöde Ausrede habe ich lange nicht gehört. Die meisten sagen ja, dass ihnen unsere Autos zu trist sind."

„Also, wenn ich ehrlich bin ..."

„Schwamm drüber, ich würde mir auch keinen kaufen. Was gibt's denn noch?"

„Es geht um Ihren Azubi, Heiko Neumann."

„Was wollen Sie denn von dem? Der ist heute Morgen noch nicht zur Arbeit gekommen. Ich denke, der ist krank. Übrigens ein sehr pflichtbewusster Junge, das kann man nicht von allen in seinem Alter sagen."

„Gestern und vorgestern war er also da?"

„Nein, da war den ganzen Tag in der Berufsschule."

Der Dicke sah ihn neugierig an.

„Was ist denn überhaupt los? Heiko ist in Ordnung, für den lege ich meine Hand ins Feuer."

Das mit dem Feuer war kein gutes Bild.

„Wir vermuten, dass Heiko Neumann in der Nacht von Montag zu Dienstag umgekommen ist."

„Tot? Der Heiko? Wie ist das denn passiert? Ein Unfall?"

„Das wissen wir noch nicht. Aber der Wagen von Heiko wurde ausgebrannt hier auf dem Nachbargrundstück gefunden, mit zwei Leichen an Bord. Haben Sie eine Ahnung, was Heiko dort mitten in der Nacht gesucht haben könnte?"

„Nein, natürlich nicht. Das kann ich mir auch gar nicht vorstellen."

„Hat Heiko hier einen Spind oder so etwas in der Art?"

Der Dicke erwies sich trotz seines Übergewichts als sehr beweglich und sprang aus seinem Sessel hoch, bevor Doesburg überhaupt nur eine Sehne rühren konnte. Der Spind befand sich in der Nähe der Werkstatt, war nicht abgeschlossen und, von ein paar Arbeitsklamotten einmal abgesehen, leer.

„Ihr Chef ist schon wieder nicht da, oder?"

„Nee, der ist unterwegs. Wie immer."

„Richten Sie ihm bitte aus, dass ich ihn …"

„Ja, ja. Ich weiß. Dringend sprechen müssen Sie ihn. Ich sag's ihm."

„Es ist wirklich wichtig. Können Sie mir nicht sagen, wie ich ihn erreichen kann? Notfalls auch privat?"

„Der Chef wohnt in Worpswede."
Der Dicke gab ihm einen Zettel.
„Aber ich weiß nicht, ob er zu Hause ist."
Auf dem Weg ins Büro versuchte er, Eilers zu erreichen, als ihm einfiel, dass der sich ja in der handyfreien Zone Pathologie herumtrieb.

Eilers war heute Morgen nur ungern aufgestanden. Es war Donnerstag und da trat regelmäßig im Frühstücksfernsehen ein ewig gut gelaunter professoraler Gesundheitsapostel mit unaussprechlichem Namen auf, der begeistert die neueste Schonkost anpries und voller Elan erläuterte, warum jeder, der seine tollen Ratschläge nicht befolgte, auf der Stelle dem Untergang geweiht sei. Eilers pflegte Ernährungsgewohnheiten, die denen des angeblichen Fernsehprofessors diametral entgegen liefen. Wozu also aufstehen?

Aber das war nicht der Grund für seine heutige schlechte Laune. Das lag vielmehr daran, dass er nach Bremen zur Gerichtsmedizin musste.

Seine Freundin und Verlobte Christiane arbeitete bei einer großen Bank und war stolz darauf, anders als er nichts mit Junkies und anderem Gesocks zu tun zu haben, sondern nur mit sorgfältig gekleideten, sorgfältig frisierten und sorgfältig verschuldeten Menschen. Seine Kundschaft war ihr ein Dorn im Auge, die Ansteckungsgefahr und so weiter, AIDS, Hepatitis, das war alles bäh. Bei ihrer Klientel konnte man sich nur Schwundbrand und Geldfieber holen. Und wann immer Eilers in die Gerichtsmedizin wollte, wäre sie am liebsten zu ihren Eltern gefahren. Zumindest so lange, bis die ganzen Bakterien und Gehirnspritzer abgestorben waren.

Es half nichts, dass Eilers ihr immer wieder versicherte, dass er sich grundsätzlich so weit als möglich entfernt vom Obduktionstisch aufhalten würde, dass er Schutzkleidung tragen würde, dass er im Grunde gar nichts sehen würde. Das stimmte sogar, aber es beruhigte sie nicht. Immerhin würde er ja auch in der Gerichtsmedizin atmen, oder?

„Ja, klar, na und?"

„Was, na und, dann saugst du ja geradezu die Keime an. Die sind doch überall in der Luft!"

Sie versuchte ihn zu überreden, Doesburg zur Obduktion zu schicken, aber da verkannte sie die Machtverhältnisse innerhalb der Bremerhavener Mordkommission gründlich. Doesburg mochte Obduktionen auch nicht, also ging Eilers hin.

All das schoss ihm durch den Kopf, als er schlecht gelaunt das Gebäude der Bremer Gerichtsmedizin betrat. Er musste sich ausweisen. Das wenigstens tröstete ihn, offenbar kannten sie ihn noch nicht, also war er noch nicht so oft hier gewesen, also hatte er im Grunde Glück gehabt. Es war keine gute Logik, aber sie half ihm für den Moment.

„Der Professor hat schon angefangen."

Auch das war nach Lage der Dinge eine gute Nachricht, denn dann würde es schneller gehen.

Das allerdings erwies sich als Irrtum, denn der Gerichtsmediziner nahm sich heute genießerisch Zeit. Er freute sich regelrecht über die schöne Arbeit, drei Brandopfer auf einmal hatte er in Bremen auch nicht alle Tage unter der Säge. Als er Eilers sah, gab das seiner guten

Laune noch weiteren Auftrieb. Er kannte Eilers Abneigung gegen Obduktionen.

„Kommen Sie mal her. So sehen Sie ja gar nichts."

Eilers reichte freilich schon das Geräusch der Säge, das ihm durch Mark und Bein ging. Er erschauderte.

„Nee, danke, lassen Sie man, ich krieg schon alles mit."

„Nun kommen Sie schon. Sehen Sie mal, hier, das ist interessant."

„Was denn?"

Eilers kniff die Augen fest zusammen und tat so, als würde er auf den Tisch sehen.

„Hier, sehen Sie das nicht?"

Eilers öffnete die Augen einen ganz kleinen Spalt. Er wollte nichts sehen, aber er konnte undeutlich eine schwarze Masse ausmachen, wie ein verkohlter Kohlrabi kam sie ihm vor, an der noch irgendwelche Fetzen hingen, die ein bisschen wie weißes Hühnerfleisch aussahen, genau so, wie wenn der Grill zu heiß ist. Außen schwarz, innen roh. Der eingefleischte Steakesser Eilers schwor auf der Stelle, Vegetarier zu werden und die Augen wieder zuzuklappen. Der Donnerstagmorgenprofessor hatte doch recht mit seinem Selleriemüsli.

„N … nein."

„Hier! Sehen Sie das nicht? Mann Gottes, wo haben Sie denn Ihre Augen?"

Sag ich nicht.

„Hier! Diesen Klapperatismus. So etwas sieht man auch in meinem Beruf selten."

„Was denn?"

Der Obduzent explodierte einmal kurz.

„Hier. Nun schauen Sie doch mal hin. Meinen Sie, ich sehe nicht, dass Sie die ganze Zeit die Augen zusammenkneifen? Mann Gottes, das ist hier nicht die Heilsarmee.

Wenn Ihre Visitenkarte keine billige Fälschung ist, dann arbeiten Sie bei der Mordkommission. Da muss es Ihnen doch Spaß machen, so etwas anzusehen. Sonst sollten Sie besser zur Post gehen."

Eilers riss erschrocken die Augen auf. Jetzt sah er unangenehm scharf, dass der Kohlrabi der halb verbrannte Kopf eines Menschen war. Vorne konnte man noch die Fetzen von Haut, Sehnen, Fett, Haaren und anderen undefinierbaren Sachen sehen, die dann am Hinterkopf jäh in einen vollkommen verbrannten Schädel übergingen. Unterhalb war der Körper wie von Löwen ausgeschlachtet. Etwas glitzerte in der Bauchhöhle.

„Da, das ist ein Herzschrittmacher. Und zwar noch einer mit Dampfbetrieb."

„Dampfbetrieb?"

„Aus dem Ostblock. Sieht aus wie die Lichtmaschine von einem Lada. Wundert mich nur, dass die da nicht noch irgendwo eine Autobatterie reingewürgt haben."

„Aus Russland?"

„Oder aus diesem Schurkenstaat, dieser Ostzone. Die mit den Goldbroilern."

„Woran ist er überhaupt gestorben?"

„Vielleicht an einem Stromausfall. Kleiner Scherz. Nein, der ist erschossen worden. Wir haben ein Projektil in der Brusthöhle gefunden."

„Wer ist das überhaupt?"

„Der aus dem Büro. Bei den beiden aus dem Auto war auch nichts mehr zu machen. Da sind nur noch Knochen und ein paar Fetzen übrig. Wir können versuchen, die anhand der DNA zu identifizieren."

„Woran Sind die beiden im Auto gestorben?"

„Hören Sie mir überhaupt zu? Das können wir nicht mehr herausfinden, das schaffe selbst ich nicht mehr. Da hätten Sie eben früher löschen müssen."

„Das nächste Mal bestimmt. Und der aus der Badewanne? Sebastian Gnauser?"

„Der war langweilig. Der hatte über zwei Promille im Blut. Damit geht man besser nicht mehr baden. Ich nehme an, dass der ausgerutscht und mit dem Kopf irgendwo angeschlagen ist. Eine ziemliche Prellung am Hinterkopf. Da ist er dann bewusstlos geworden und ersoffen. So geht das. Alkohol ist nun mal gefährlich, das erzähle ich meiner Frau jeden Tag. Aber was nutzt es schon. Die Frauen machen sowieso, was sie wollen."

Mit dieser Lektion fürs Leben wurde Eilers entlassen. Vielleicht hatte der Professor ja Recht und er wäre bei der Post besser aufgehoben. Aber Eilers hatte kürzlich in der Zeitung gelesen, dass ein durchgeknallter Mörder seine Opfer zerstückelt und dann per Postpaket in alle Welt verschickt hatte. Ein durchgesupptes Paket brachte die Geschichte dann ins Rollen. Bei der Post war man also auch nicht mehr sicher.

Zum Glück war er schon wieder auf der A27 in Richtung Bremerhaven und konnte das Gaspedal auf das Bodenblech herunterklappen. Vor im tauchte beleidigend schnell ein hinterasiatischer Blechhügel auf.

„Weg da, oder kauf dir das nächste Mal ein richtiges Auto. Nicht so einen koreanischen Arbeitsplatzvernichter, du Vaterlandsverräter."

Würde der ADAC zur Bundestagswahl antreten, Eilers Stimme wäre ihm sicher. Freie Fahrt dem freien Bürger, oder so ähnlich. Das war mal eine Parole, die es in sich hatte, nicht dieser übliche Parteienscheiß.

„Platz da! Ja?"

Das Telefon hatte sich in seine Hetzjagd eingemischt.

„Was? Ja, ich bin gleich im Büro. In sieben Minuten dreißig."

Das meldete jedenfalls sein Navi.

Doesburg konnte Eilers wegen der lauten Nebengeräusche kaum verstehen. Er wollte ohnehin nur wissen, ob er mit dem Mittagessen auf Eilers warten sollte.

Frau Elvers enthob ihn der Wahl.

„Da ist so einer aus Krefeld am Telefon."

Er wartete geduldig, bis Frau Elvers die richtigen Knöpfe gefunden hatte.

„Kriminalmeister Reinhardt Josten aus Krefeld, guten Tag. Reinhardt mit de-te. Sie hatten unsere Dienststelle gebeten, diese Frau Gnauser zu vernehmen, das waren Sie doch, oder?"

„Das war mein Kollege, aber ich weiß Bescheid. Was ist denn dabei herausgekommen?"

„Nichts Besonderes, ehrlich gesagt. Ich war persönlich vor Ort. Die Dame ist, äh, sauber. Sie hat ihren Mann seit langem nicht mehr gesehen und ich hatte auch nicht den Eindruck, als hätte sie noch viel mit ihm zu tun. Eigentlich überhaupt nichts mehr."

„Gut, aber wir haben neue Ermittlungsergebnisse. Es existiert möglicherweise eine hohe Lebensversicherung zugunsten von Frau Gnauser. Deswegen wollte ich mich schon bei Ihnen melden. Vielleicht könnten sie da noch mal …"

Josten lachte plötzlich laut meckernd ins Telefon, so dass Doesburg den Hörer unwillkürlich auf Abstand hielt.

„Ich weiß schon Bescheid. Die hat die Dame von sich aus erwähnt. Sie wollte von mir wissen, ob sie da was zu erwarten hat. Ist die Frau denn jetzt reich?"

„Das versuchen wir gerade herauszufinden."

„Das wäre ja ein Ding. Frau Gnauser hat mir erzählt, dass die Trennung ziemlich unangenehm gewesen sei und sie sich nicht vorstellen könnte, dass sie da noch was abkrichte."

Doesburg musste einen Moment über das abkrichte nachdenken.

„Und das Alibi?"

„Bombig. Sie war am Montag bis Mitternacht hier in der Nähe bei einer Freundin. Die Freundin hat das bestätigt. Danach war Frau Gnauser zu beschwipst, um noch selber fahren zu können, und hat sich von der Freundin heimfahren lassen, die dann bei Frau Gnauser übernachtet hat. Ich habe mit der Freundin gesprochen, das ist alles richtig. Tut mir leid."

Josten ließ wieder sein Ziegenlachen erschallen.

„Halten Sie mich doch auf dem Laufenden, ich meine wegen der Versicherung und so? Das ist nämlich ein richtig lecker Mädchen, und wenn die Kohle bis zum Abwinken hat, dann würde ich mich glatt an die ranschubbern. Kleiner Scherz, nichts für ungut. Bis demnächst."

Josten legte den Hörer so vorsichtig auf, als wäre er aus Porzellan, und genoss ihren forschenden Blick durch einen Vorhang aus schwarzen Haaren. Er mochte es ja lieber, wenn sie ihre Haare streng zurückkämmte, aber es war noch zu früh, das von ihr zu verlangen. Er saß schließlich nicht Miss Opossum gegenüber.

„Was ist denn nun?"

„Noch nichts Neues, ehrlich. Das mit der Versicherung haben die schon selber spitz gekricht. Aber bei dem Alibi kann dir gar nichts passieren. Mach dir keine Sorgen, das klappt schon alles. Verlass dich auf mich."

Ihr Blick wurde etwas freundlicher.

„Hoffentlich. Du weißt, was auf dem Spiel steht. Für uns beide."

Das Telefon klingelte wieder.

„Gnauser … Hallo? Wer spricht? Ach so."

Doesburg legte den Hörer gerade in dem Moment wieder auf, als Eilers sein Büro erstürmte.

„War nichts mit den siebeneinhalb Minuten, oder?"

„Nee, mein Navi kann auch nichts für die Scheiß Ampeln. Was Neues?"

Doesburg wirkte nachdenklich.

„Ich weiß auch nicht. Ich habe eben einen Anruf von einem Kollegen aus Krefeld bekommen. Da unten ist alles in Ordnung, Frau Gnauser hat ein perfektes Alibi."

„Schade. Und weiter?"

„Dann habe ich die Nummer auf dem Display zurückgerufen."

„Warum das denn?"

„Zu kurz."

„Wie?"

„Die Nummer war zu kurz für eine Behördennummer."

„Und?"

„Da war Frau Gnauser dran."

„Der hat also von dem Privatanschluss von Frau Gnauser mit dir telefoniert?"

„Schön gesehen."

„Dann ist da was faul. Hab ich dir ja gleich gesagt, dass da die Frau hinter steckt. Die hat bestimmt einen Lover ..."

Das Telefon hackte seine Argumente entzwei.

„Doesburg, Ja?"

„Moin, Autobahnpolizei Wildeshausen. Kennen Sie einen Ferdinand Steguweit?"

Doesburg bekam Angst.

„Ja. Was ist mit ihm?"

„Der behauptet, der sei ein Kollege von Ihnen. Stimmt das?"

„Ja. Was ist mit ihm?"

„Tja, Ihr Kollege ist gestern Nacht auf der A1 von Delmenhorst nach Wildeshausen gefahren."

Doesburg wurde ungeduldig.

„Ja, und?"

„Auf der falschen Seite."

„Oh."

„Mit gut und gerne zwei Promille."

Es war schon fast zwei Uhr, als Frau Elvers trotz ihres Brummschädels ein Geräusch auf dem Flur hörte, das so klang, als würde sich der Kaffeeautomat übergeben. Neugierig sah sie nach und fand Steguweit, der sich die Hand vor den Bauch hielt und vergeblich versuchte, an ihrer Tür vorbei zu robben.

„Wie sehen Sie denn aus?"

Steguweits Anzug war zerknittert und fleckig, das Gesicht käsebleich, die Wangen unrasiert, die Haare fettig und ungekämmt. Doch trotz des demütigenden Outfits war Steguweit gleich wieder ganz der Alte.

„Und Sie riechen wie eine abgestandene Kneipe."

„Besser als wie nach Kotze."

Steguweit setzte alles auf eine Karte.

„Gestern Abend, also, da waren Sie aber ganz schön in Fahrt, nicht wahr, meine Liebe?"

„Wie meinen Sie das?"

Steguweit tat vertraulich.

„Liebe Alraune, der Herr Böhmermann ist aber auch wirklich ein toller Hecht. Ich verstehe Sie ja."

Frau Elvers lief puterrot an. Ihre Stimme hätte jetzt jedem Nebelhorn zur Ehre gereicht.

„Spionieren Sie mir etwa …"

„Pscht! Nicht so laut. Wir haben gleiche politische Interessen, das ist alles. Bekomme ich jetzt ein Tässchen Kaffee? Ich erzähle auch nichts, Ehrenwort."

Doesburg gingen die Augen über, als er Steguweit und Frau Elvers, die sich bislang nicht riechen konnten, einträchtig miteinander Kaffee trinken und klönen sah.

„Was ist denn hier los?"

Er wartete die Antwort nicht ab.

„Komm mal mit in mein Büro."

Doesburg hatte nicht so reagiert, wie er das von dem Weichei eigentlich erwartet hatte. Also mit Verständnis und Vergebung. Nichts von alledem.

Was ihm einfiele? Ob er noch bei Trost sei? Wenn da etwas passiert wäre? Eine Geisterfahrt auf der A1, ob er damit morgen in den „Bremer Kurier" wolle? Und überhaupt, ohne Führerschein, dafür mit einem Straf- und Disziplinarverfahren am Hals, wie er sich die weitere Arbeit vorstelle?

Das konnte Steguweit Doesburg nicht verraten. Steguweit hatte schon von Wildeshausen aus seine neuen Kontakte angezapft. Ein Oldenburger Staatsanwalt stand der DPU so nahe, dass die Verfahrenseinstellung nur noch eine Formsache sein würde. Den Führerschein hatten ihm die Wildeshausener Kollegen auf Befehl der hartnäckigen Oldenburger Strafverfolger bereits widerwillig aushändigen müssen. Das Ganze sei eine etwas aus den Fugen geratene Undercover-Einsatzfahrt gewesen, weiter nichts, wurde ihnen beschieden. Sein Auto hatte er auch zurück, also was sollte es? Einer der Polizisten durchschaute den Schmuh zwar, aber Steguweit brachte ihn zielsicher zum Schweigen.

„Wer von euch Strolchen hat mein Radio geklaut?"

Steguweit zeterte laut, drohte den verdutzen Polizisten mit einer Anzeige und durfte fahren.

Das alles konnte Steguweit Doesburg unmöglich erzählen, der hätte sich bis zum Mond und zurück aufgeregt und laut Korruption geschrieen.

Also still und leise den Zerknirschten spielen und auf Doesburgs Geheiß nach Grünhöfe fahren.

Steguweits traditionelles Bild von Grünhöfe wurde heute auf eine harte Probe gestellt, denn erstens hatte er gleich zwei Termine bei Familien mit so treudeutschen

Namen wie Warner und Neumann, also nicht mir irgendwelchen von Hause aus des Sozialhilfebetrugs verdächtigen Gürgözes oder Kayas, außerdem war der Mercedes-Fan Steguweit bass erstaunt, wie viele dieser Autos hier mit den Goldkettchen um die Wette glänzten. Bestimmt bezahlt von überbordender Sozialhilfe. Wahrscheinlich bekamen die ihre Benze jetzt schon auf Bezugsschein, jedes halbe Jahr einen neuen, wenn der Kofferraum für den neuesten Großbildfernseher nicht mehr reichte.

„Idiotenpack."

„Wie?"

Steguweit hatte gedankenverloren übersehen, dass er nicht alleine war. Sein Kollege Klein sah ihn irritiert an.

„Nichts. Ich hab bloß nachgedacht. Über Politik."

„Dann hast du in jedem Fall Recht. Hier."

Hans Klein drückte vehement auf Familie Warners Klingel.

Doesburg hätte kotzen können. Polizist im gehobenen Dienst besäuft sich, wird zum Geisterfahrer, gefährdet unzählige Menschenleben und geht am nächsten Tag wieder normal seinem Beruf nach, als wäre nichts gewesen. Kein Funken Reue, keine Angst vor Strafverfolgung, nichts. War Steguweit tatsächlich so abgebrüht oder tat er nur so? Er arbeitete nun schon seit einem halben Jahr mit Steguweit zusammen und wusste trotzdem kaum etwas über ihn.

Steguweit war verheiratet, besaß ein Haus, auf das er stolz war, fuhr einen Mercedes, auf den er sehr stolz war, Steguweit arbeitete gut. Steguweit war bis in die letzte Faser seiner Polyesteranzüge unauffällig. Was brachte so jemanden dazu, auf einmal derartig auszurasten? Hatte seine Frau ihn verlassen? Nein, Doesburg kannte Annegret Steguweit von verschiedenen Betriebsfesten her. Die würde ihren Ferdinand erst in der Grabkapelle verlassen. Oder war es gerade, weil Annegret Ferdinand nicht verlassen wollte?

Doesburg nahm sich vor, mit Steguweit zu sprechen. Irgendetwas steckte hinter der Sache.

Vor ihm lag die Akte „Schwere Brandstiftung mit Todesfolge zum Nachteil des Stepan Bulejevic und des Mirko Bulejevic."

Nachteil war kein guter Ausdruck.

Im Herbst '96 war das kleine Asylbewerber-Außenlager im Bremer Vorort Blumenthal, nicht weit von dem ehemaligen Konzentrationslager Bahrs Plate entfernt, einem Brandanschlag zum Opfer gefallen.

Das Lager war immer schon im Visier protestierender Anwohner gewesen und hatte unter Polizeischutz gestanden, auch weil immer mal wieder Drohbriefe eintrudelten. Nichts Konkretes, das Übliche, aber immerhin. Es hatte genügt, um einen alten Streifenwagen mit zwei alten Kollegen abzukommandieren, die wegen der bevorstehenden Rente unbedingt noch ein paar Überstunden schieben mussten.

An jenem Abend war der Wagen kaputt gewesen, Ersatz nicht aufzutreiben und den Kollegen natürlich nicht zuzumuten, das Lager ohne Blechdach im Regen zu bewachen. Also blieb es eine Nacht unbewacht. Mein Gott, was ist schon eine Nacht? Der Mensch verschläft durchschnittlich 25.000 Nächte, da kam es auf eine mehr oder weniger wirklich nicht an.

Um zehn hatte der Nachtwächter eines benachbarten Zementwerks einen Knall gehört. Die Feuerwehr hatte er erst zehn Minuten später gerufen, als sich immer noch nichts tat. Er dachte, die Polizei würde das selber erledigen, er wusste nichts von dem kaputten Streifenwagen.

Als die Feuerwehr und mit ihr die Polizei endlich gekommen waren, war alles zu spät. Von dem Lager hatte noch das Betonfundament gestanden und zwei Kinder waren bei lebendigem Leib verbrannt.

Die Presse machte einen ziemlichen Aufriss, so dass sich die Ausländerbehörde entschloss, dem Spuk ein rasches Ende zu bereiten und die Bulejevics, sowieso nur einfache Wirtschaftsflüchtlinge, im Eiltempo in den Kosovo abzuschieben. Zwei Kinder tot, der Vater arbeitsunfähig, die Mutter geistig verwirrt. Sie versuchte ein paar Tage später, sich mit Benzin zu übergießen. Spätestens jetzt hätte das mit dem Asyl ohnehin nicht mehr geklappt.

Der eingeschaltete Anwalt kam auch nicht weiter, Stadt und Polizei wiesen jede Verantwortung weit von sich, irgendwann blieb eine Honorarzahlung zwischen Priština und Bremen stecken und damit hatte sich das Thema auch erledigt. Die Presse hatte auch schon bessere Fälle gefunden.

Die Bremer Kollegen geben sich bei der Aufklärung angemessene Mühe. Immerhin fand der Erkennungsdienst zwei Campinggas-Flaschen im ehemaligen Heizungsraum der Unterkunft. Außerdem analysierte man eifrig die Drohbriefe und gelangte zu der Erkenntnis, dass einer von einem „Bremerhavener Komitee gegen Rassenvermischung, Faschismusunterdrückung und Feindbildfreiheit" geschrieben worden war. Das war keine sehr komplizierte Arbeit, denn die Gruppe gab sich offen und ehrlich als Ausbrüter der Buchstabensuppe aus.

Freilich fehlte die Adressangabe, aber der Urheber gab sich ein paar Tage später unfreiwillig selbst zu erkennen. Er wurde zu seinem eigenen Schutz in Polizeigewahrsam genommen, er war im Delirium über den Mittelstreifen der B6 geturnt. Als er am nächsten Morgen aus dem Koma erwachte, berief er sich lauthals auf sein Komitee und die damit verbundene politische Immunität. Später, als es ihm wieder besser ging, widerrief er alles und behauptete, anonymer Alkoholiker zu sein.

Ein Polizist hatte aber aufgepasst und den Fund zur Kripo gemeldet. Der Mann entpuppte sich als Guido Krawczyk, Ende dreißig, nicht vorbestraft. Noch nicht, denn die Durchsuchung seiner Wohnung ergab allerhand Material, das zur Eröffnung eines Verfahrens wegen des Führens nationalsozialistischer Symbole ausreichte. Zu mehr aber nicht, denn für den Zeitpunkt des Brandausbruchs hatte Krawczyk ein bombensicheres Alibi. Er hatte von acht bis zwölf Mahnwache vor einem Asylantenheim in Cuxhaven gehalten und war dabei vom Verfassungsschutz gefilmt worden.

Es stellte sich später heraus, dass Guido Krawczyk tatsächlich einmal begonnen hatte, Physik zu studieren und dass er ohne weiteres die Fähigkeit zum Bau von Bomben hatte, sofern der Alkohol diese Teile des Gehirns noch nicht zu Schwamm verarbeitet hatte.

Aber das reichte natürlich nicht, um Krawczyk zu verhaften, und so wurde fleißig weitergesucht. Nicht weniger als 275 Spurenakten wurden im Laufe der Zeit angelegt, aber das war es auch schon. Krawczyk bekam wegen des Nazi-Krams, wie der Richter sich ausdrückte, drei Monate auf Bewährung, die Akte wurde anschließend mit einem großen Seufzer der Erleichterung geschlossen und ganz weit hinten, in der letzten Ecke, archiviert.

Doesburg seufzte.

Auf dem Nachhauseweg würde er noch bei Homann in Worpswede vorbeischauen.

Die beiden Männer brutzelten auf der Terrasse in der Nachmittagssonne vor sich hin.

„Wir müssen verdammt noch mal aufpassen. Die verfluchten Bullen sind uns auf den Fersen. Die waren heute bei den Jungs und haben denen einen ganz schönen Schrecken eingejagt. Im Ernst, der Ole hat sich fast in die Hose gemacht. Das ist nur noch eine Frage der Zeit, bis die auf Guido kommen. Wenn die Partei da reingezogen wird, dann können wir uns warm anziehen."

„Ach was, immer mit der Ruhe. Vergiss nicht unseren neuen Mann bei der Kripo. Der wird uns schon melden, wenn es brenzlig wird."

„Deswegen bin ich ja hier. Der will zurück über den Zaun."

„Wie?"

„Der will den Lemming machen. Den haben wir wohl ein bisschen verschreckt. Der hat vorhin angerufen, er könne nicht mehr mitmachen, seine Karriere sei in Gefahr, das übliche Gelaber. Dass die Leute da immer erst drauf kommen, wenn es zu spät ist."

Er lachte dreckig.

„Aber wir haben ja seine Sauftour."

„Der darf uns aber nicht von der Pfanne hüpfen, hörst du? Wir brauchen den. Ich muss unbedingt wissen, wann ich etwas wegen Guido zu unternehmen habe."

„Selbst wenn, dann müssten die Guido erst mal finden. Guido ist gut versteckt."

Einen Moment war es still.

„Trotzdem. Du kennst Guido. Du musst diesen Bullen bei der Stange halten. Notfalls mit Gewalt."

„Wie soll ich das denn machen?"

„Das überlasse ich dir."

„Du meinst, ich soll einen Bullen …?"

Die Putzfrau erschien lautlos im Rahmen der Terrassentür.

„Mann will Sie sprechen."

„Verdammt, Sie sollen hier nicht so herumschleichen. Ich habe jetzt keine Zeit, das sehen Sie doch!"

„Mann ist von Polizei, sagt er."

Worpswede hatte seine große Zeit um die Jahrhundertwende, als eine Künstlerkolonie hier ihre Heimat fand. Vermutlich, weil die chronisch unter Geldmangel leidenden Artisten sich hier besser durchschnorren konnten als in der teuren City.

Jedenfalls hatte Worpswede es dank rühriger Tourismusmanager geschafft, das Prädikat des Künstlerdorfes über die Jahrzehnte zu retten, obwohl sich hier seit sehr langer Zeit nur noch Künstler ansiedelten, die ihren Abschluss bei der lokalen Volkshochschule ergattert hatten. Töpfer und Kunsthandwerker, die eifrig darauf bedacht waren, möglichst viele Insassen der einschlägigen Bustouren in ihre Läden zu schleifen. Es war ein bisschen wie auf St. Pauli, nur hatten die Türsteher hier keine Kapitänsmützen.

Doesburg hatte große Probleme, das Anwesen von Homann zu finden, da er sich in Worpswede nicht auskannte und die Straßen alle entweder im Kreis oder im Nichts endeten. Schließlich fand er mit tatkräftiger Unterstützung eines lokalen Galeristen, der auf Umsatz hoffte, doch noch den Carl-Vinnen-Weg. Er hoppelte mit seinem Auto über einen sandigen Weg, an dessen Ende ein Bahnübergang den Rest der Welt im gewaltigen Nichts eines niedersächsischen Moores versacken ließ. Linker Hand standen einige verstreute Häuser, die alle in den Fünfziger- und Sechzigerjahren erbaut waren und dementsprechend aussahen. Die Straße hätte eine prima Kulisse für einen Heinz-Ehrhard-Film abgegeben.

Er freute sich über den altmodischen Klingelknopf, so einen hatte er schon lange nicht mehr gesehen. Eine dunkelhaarige Frau in den Vierzigern mit harten Zügen und einer roten Schürze öffnete und sah ihn stumm fragend an.

„Guten Tag. Doesburg, Kripo Bremerhaven. Ich würde gerne Herrn Homann sprechen."

„Moment. Ich frage."

Der Moment dauerte ziemlich lange, dann erschien ein kleiner, stämmiger Mann mit extrem kurz geschnittenen blonden Haaren, unter denen sich bereits die frühe Glatze abzeichnete. Ganz aus der Ferne hatte er eine ähnliche Figur wie Eilers, allerdings war er statt mit Fett mit Muskeln bepackt und ließ das mit jeder Bewegung spüren. Sein Gesicht war das eines unfreundlichen, jederzeit bereiten Boxers.

„Was wollen Sie?"

„Herr Homann?"

„Wer will das wissen?"

Doesburg stellte sich vor, aber Homann wurde nicht eine Spur freundlicher.

„Ja, und? Was kann ich dafür, dass da irgendein Bekloppter alle Autohäuser anzündet, die er finden kann? Suchen Sie bei den Autohassern, da finden Sie schon die Richtigen. Aber lassen Sie mich in Ruhe."

„Darf ich rein kommen?"

„Hören Sie, ich habe nichts gegen die Polizei, aber ich habe jetzt keine Zeit."

„Dann muss ich Sie bitten, morgen Früh um zehn Uhr im Präsidium in Bremerhaven vorbeizuschauen."

„Und wenn ich nicht komme?"

„Dann bekommen Sie eine Vorladung."

„Und wenn ich dann auch nicht komme?"

„Dann komme ich wieder."

„Tolle Strategie."

„Komischerweise führt sie fast immer zum Ziel."

„Heute nicht. Auf Wiedersehen."

10

„Wir wissen jetzt, wer im Autohaus Gnauser erschossen wurde."

Doesburg zuckte zusammen, als hätte er unter Wasser den Fön eingeschaltet. Es war Freitag, also kein Arbeitstag, sondern der Einstieg in das Wochenende. Er saß weit zurückgelehnt hinter seinem Schreibtisch und überlegte gelangweilt, ob Homann tatsächlich um zehn erscheinen würde. Und was er tun würde, falls das nicht der Fall wäre.

„Mann, erschreck mich doch nicht immer so. In meinem Alter ist so etwas kein Spaß mehr."

Das fand Steguweit, der gute zehn Jahre älter war und mit seinem Alter haderte, überhaupt nicht lustig.

„So ein Quatsch, schau mich an, mir macht so etwas überhaupt nichts aus. Und, auch wenn man es nicht sieht, ich bin älter als du."

„Ist ja gut. Was wolltest du mir denn sagen?"

„Dass wir die Identität von dem Mann im Büro des Autohauses Gnauser kennen. Dessen DNA-Code war bei uns gespeichert. Der war schwer vorbestraft. Alexander Laskau, ein Einbrecher und Panzerknacker der Sonderklasse."

„Sagt mir gar nichts. Aus Bremerhaven?"

„Ganz im Gegenteil. Ein Ossi. Ursprünglich aus Magdeburg. Vor zehn Jahren nach Bremerhaven gekommen. Ist im …", Steguweit musste in seinen Notizen blättern,

„ … ist im März vor drei Jahren aus dem Knast in Celle raus. Danach war er für ein Jahr von der Bildfläche verschwunden, keiner weiß wo, es hat ihn aber auch niemand gesucht, und vor ungefähr zwei Jahren hat er sich brav in Bremerhaven gemeldet. In den Bürgern."

„Nicht schlecht, dann muss er zu Geld gekomen sein. Was hat er gearbeitet?"

„Keine Ahnung, das geht aus der Akte nicht hervor. Laskau war früher Klempner."

„Wie alt?"

„Unser Alter."

„Was denn nun? Mein Alter oder dein Alter?"

Steguweit sah ihn böse an.

„Vierzig."

„Also weder noch."

Er stand auf.

„Dann lass uns mal seine Bude filzen. Vielleicht finden wir da etwas, was uns eine Idee gibt, warum er am Montag erschossen wurde. Was ist eigentlich gestern in Grünhöfe herausgekommen?"

„Nichts. Klein ist fast verprügelt worden, weil er angeblich zu lange geklingelt hat. Sonst gab es nur eine Alkoholleiche und wahnsinnigen Gestank. Ich werde meinen Anzug verbrennen müssen."

„Was hast du eigentlich mit dem Anzug gemacht, den du auf deiner Geisterfahrt vollgekotzt hast?"

Alexander Laskau wohnte in den Bürgern, Bremerhavens höchster Lage. Die Stadt wollte zu Zeiten, als die Werften noch nicht alle pleite waren, ihrem Gewerbesteueraufkommen ein Denkmal setzten und errichtete drei gewaltige Hochhäuser, die aus dem flachen Stadtbild wie mutierte Hasenohren hervorstachen. Das war lange vor dem 11. September, denn die Türme boten jetzt Flugzeugterroristen ungefähr die gleichen Möglichkeiten wie einst das World Trade Center. Laut einem Zeitungsbericht wurde im Cockpit eines ostfriesischen Inselfliegers bereits ein Angriffsplan gefunden, aber es stellte sich heraus, dass der Pilot nur eine Häkeldecke seiner Frau als Flugvorlage benutzte.

Sie waren getrennt gefahren, Steguweit hatte irgendeine dumme Ausrede gefunden, nur um nicht fünf Minuten neben Doesburg sitzen zu müssen. Im Büro des Hausmeisters trafen sie sich wieder.

„Ruhiger Mieter, wie alle hier."
„Kennen Sie ihn denn?"
„Nein, nie gesehen."
„Aha."
„Das is 'n Ossi, glaube ich."
„So, so."

Die Wohnung lag im zehnten Obergeschoss. Zwei Zimmer, Küche, Bad, alles auf den ersten Blick sehr normal und bürgerlich. Laskau lebte alleine und interessierte sich nicht für Möbel. Der Kühlschrank enthielt nichts bis auf Bier und ein paar Tiefkühlpizzas.

Steguweit blätterte sich durch einen Ordner mit persönlichen Unterlagen.

„Ein Konto bei der Commerzbank, Guthaben etwa 5.000 Euro, auf den ersten Blick nichts Auffälliges. Keine regelmäßigen Eingänge. Die Miete hat er hiervon nicht bezahlt."

„Hast du einen Arbeitsvertrag oder etwas in der Art gefunden?"

„Noch nicht."

„Wovon hat Laskau wohl gelebt?"

„Vielleicht war er wieder als Einbrecher unterwegs. Wer wechselt schon gerne seinen Beruf. Aber schau mal hier."

Steguweit hielt eine Visitenkarte von Sebastian Gnauser hoch.

„Die kann er überall her haben."

„Klar. Vielleicht hat er die auch selber am Automaten gedruckt."

Doesburg wühlte sich durch die Unordnung in Laskaus Schreibtisch. Er fand ein paar uninteressante Kreditkartenauszüge, einiges an auf den ersten Blick langweiliger Korrespondenz, Laskau schien sich schriftlich nicht besonders gut ausdrücken zu können, und ein großes, fest gebundenes Telefonverzeichnis der alten Art.

„Ein Telefonverzeichnis. Gnauser steht nicht drin."

„Was beweist das schon?"

Das wäre eigentlich eine gute Arbeit für Eilers. Lustlos blätterte Doesburg sich durch die Seiten, bis er elektrisiert innehielt.

Neumann, Heiko. Der Handyman. Mit mindestens 10 Mobilfunknummern.

Homann, Gerald. Der Autohausinhaber.

Krawczyk, Guido. Der Bombenleger.

Alle einträchtig versammelt in Alexander Laskaus Telefonbuch. Wie passte das zusammen?

Im Büro kommandierte er Eilers im Eiltempo nach Worpswede ab, Homann ranschaffen. Homann hatte einiges zu erklären. Was er mit dem toten Laskau zu schaffen habe. Warum sein Azubi immer wusste, wo es brannte.

Die Nummer von Krawczyk erwies sich als veraltet, sie gehörte laut Telekom zu einem Anschluss in Schiffdorf, der 1998 stillgelegt wurde.

Dann wehrte er erfolgreich einen verschämten Versuch von Steguweit ab, ihn in ein persönliches Gespräch zu verwickeln.

„Später, Ferdinand, ich habe jetzt keine Zeit."

Bei Frau Elvers klappte die Methode nicht, allerdings hätte sich Frau Elvers auch eher die Zunge abgebissen, als mit ihm ein persönliches Gespräch zu führen.

„Da wartet einer auf Sie."

Er verschwand seufzend in den Konferenzraum, wo ein junger Mann der Marke Versicherungsvertreter im Außendienst in einem wahnsinnig eleganten Anzug zur Begrüßung aufstand.

„Norbert Weishaus. Ich bin Gebietsvertriebsleiter von Renault für Nielsen eins."

Weishaus war mal gerade dreißig. Und dann schon Gebietsvertriebsleiter? Für Nielsen eins? Wer zum Teufel war Nielsen eins? Er kannte nur Leslie Nielsen in „Die Nackte Kanone eins". Den meinte Weishaus bestimmt nicht, aber er traute sich nicht zu fragen.

„Was führt Sie zu uns?"

„Nun ja, es geht um unseren Vertrieb. Wir müssen unbedingt rasch Klarheit gewinnen, wie es weitergeht in Bremerhaven. Nach dem bedauerlichen Brand in Weddewarden sind wir hier nicht mehr vertreten. Wir müssen uns hier kurzfristig wieder angemessen positionieren, wenn Sie verstehen, was ich meine."

Doesburg gähnte.

„Schon, aber was können wir dabei tun? Unsere Ermittlungen in Weddewarden sind in den nächsten Tagen abgeschlossen, dann können Sie dort weitermachen."

Weishaus druckste herum.

„Nein, Sie missverstehen mich. Das war zwar ein Renault-Autohaus, aber mit dem dortigen Partner und an dem dortigen Standort beabsichtigen wir nicht mehr zu kooperieren. Den Vertrag hätten wir so oder so beendet. Der Brand war uns ganz, äh, recht, wenn Sie verstehen, was ich meine. Äh, nicht, dass Sie das jetzt in den falschen Hals kriegen."

Weishaus hatte sich selber kurzfristig aus dem Takt gebracht. Doesburg wartete geduldig, bis der Motor wieder ansprang.

„Jedenfalls beabsichtigen wir, den ganzen Vertrieb neu zu ordnen."

„Und dazu wollen Sie aus Anlass des Brandes den Vertrag mit Ihrem bestehenden Händler kündigen?"

„Wir haben schon gekündigt. Zu Ende Juni."

„Das heißt, er muss sich ein neues Fabrikat suchen?"

„Theoretisch ja, praktisch kann er das heutzutage vergessen. Ich will Ihnen das mal erklären."

Weishaus setzte sich umständlich zurecht.

„Ein Autohaus vertritt bisher immer nur eine Marke, von wenigen Ausnahmen einmal abgesehen. Das ist ja auch sinnvoll, denn versetzen Sie sich mal in unsere Lage. Wir wollen ja, dass unser Händler unsere Autos verkauft und nicht die der Konkurrenz. Das wäre aber nicht mehr gewährleistet, wenn der Händler, sagen wir mal, einen

Peugeot und einen VW neben unserem Fabrikat präsentiert."

„Dann ist doch aber alles gut. Bauen Sie den Schuppen in Weddewarden wieder auf und alles ist wieder in Ordnung."

„Nichts ist in Ordnung. Die gesetzlichen Rahmenbedingungen ändern sich gerade. Wir dürfen unsere Händler nicht mehr zwingen, nur noch unsere Autos zu verkaufen. Das wird uns von der sauberen Europäischen Kommission verboten. Einfach so, nur, damit der Verbraucher mehr Wettbewerb bekommt. Bekommt er aber nicht."

Weishaus lehnte sich zufrieden wie ein erfolgreicher Bilanzfälscher zurück.

„Warum nicht?"

„Weil wir nicht mitspielen. Wenn wir unsere Händler nicht mehr exklusiv für uns haben dürfen, dann wollen wir gar keine Händler mit dem teuren Sonderstatus mehr haben. Die kosten uns ja auch Geld. Dann die ewige Jammerei, der ständige Ärger."

„Und wie verkaufen Sie dann in Zukunft Ihre Autos?"

„Über große Vertriebszentren. In großen Städten richten wir die selber ein, als Importeur, und in kleinen Städten wie hier in Bremerhaven und auf dem Land arbeiten wir mit Vertriebsstützpunkten zusammen. Das sind große, selbständige Autohäuser, die alle möglichen Marken vertreiben."

„Aber damit haben Sie das Konkurrenzproblem doch nicht gelöst."

„Zum Teil schon, jedenfalls soweit das noch in unserer Macht steht. Wir werden natürlich unseren Eigenvertrieb ausbauen. In Bremen wird es gar keinen Renault-Händler mehr geben, da machen wir alles selber, über Niederlassungen."

„Und in Bremerhaven?"

„Bremerhaven ist zu klein für eine eigene Niederlassung. Wir spekulieren, dass viele Bremerhavener ihren Renault in Zukunft bei der Niederlassung in Bremen kaufen, weil die natürlich ganz anders kalkulieren kann, aber wir müssen trotzdem hier vor Ort vertreten sein. Hier wird es zukünftig im Mainstreambereich nur noch einen oder zwei Händler geben, die dann aber die meisten Marken führen. Das werden hier die Marktführer. Und diese Rallye hat gerade begonnen."

Doesburg verstand nur Bahnhof.

„Was für eine Rallye?"

„Die um den Platz oben auf dem Treppchen. Welcher Händler hier das Rennen macht. Wer den größten Stützpunkt aufziehen wird. Das müssen wir unbedingt wissen. Da müssen wir dabei sein."

„Na gut, aber was hat das mit der Polizei zu tun?"

„Weil es trotz aller Probleme der Branche immer noch ein paar Kandidaten für das Siegertreppchen gibt. Dafür braucht man viel Kapital und das haben die wenigsten. Aber drei oder vier könnten das darstellen. Und unser Problem ist nun, dass wir unbedingt auf das richtige Pferd setzen müssen."

„Wer kommt denn dafür in Bremerhaven in Frage?"

„Zu allererst das Autohaus Homann."

Doesburg schreckte aus der Freierabendstimmung hoch.

„Homann! Ich dachte, der wäre pleite."

„Der Hyundai-Schuppen vielleicht, keine Ahnung, die große Zeit der Koreaner ist vorbei, falls die überhaupt jemals eine hatten. Aber der Homann persönlich hat

Kohle ohne Ende. Woher, weiß ich auch nicht, aber bis zu dieser Woche wurde der als die Nummer eins gehandelt. Der hat sein Konzept schon fix und fertig. Der will fünf Millionen Euro investieren und kann die Finanzierung auch nachweisen."

Bei der Summe klingelte es laut in Doesburgs Ohren. Spielte bei Gnausers Tod nicht auch eine Versicherung über eben diese Summe eine Rolle? Er dachte einen Moment nach, fand aber keinen Zusammenhang.

„Warum erzählen Sie mir das eigentlich alles?"
„Können Sie sich das nicht denken?"
„Nein."
„Dem Homann sein Nachbar ist abgebrannt."
„Ja, das Autohaus Gnauser. Sagen sie nicht, das war auch ein Kandidat..."
„Nein, wo denken sie hin. Der war am Ende. Nein, aber Homann hat immer auf das Nachbargrundstück spekuliert. Das braucht er unbedingt für das Vertriebszentrum. Und nach allem, was ich so gehört habe, war der Gnauser nicht bereit, an Homann zu verkaufen. Also pfeifen bei uns im Geschäft die Spatzen, dass Homann das mit der Brandstiftung gewesen sein könnte. Dann wäre er natürlich sofort aus dem Rennen, mit Verbrechern wollen wir nichts zu tun haben. Also?"
„Also was?"
„Hat Herr Homann seine Finger im Spiel?"
„Keine Ahnung."

Weishaus sackte zusammen.
„Mist."

Immerhin gab Weishaus ihm trotz des mageren Ergebnisses zum Abschied noch die Hand.

Es wurde Zeit, dieser lausigen Versicherung auf den Grund zu gehen. Fünf Millionen Euro! So hoch war Sebastian Gnauser versichert, die gleiche Summe würde Homann investieren. Zufall? Wer bekam das Geld überhaupt? Doch wohl kaum die geschiedene Ehefrau.

Es dauerte eine ganze Weile, bis die Zentrale der Best-Treuhand Versicherungs-Compagnie ihn zu „unserem Herrn Abteilungsleiter" verbunden hatte, nur damit ihm der sagen konnte, dass er nichts sagen könne, weil wegen dem Datenschutz und so. Da könne ja jeder anrufen und so. Doesburg bot ihm an, zurückzurufen, erntete aber die gleiche Antwort. Da könnte ja jeder anrufen und ihm jede x-beliebige Nummer geben und so. Nein, das solle er mal schön schriftlich machen. Er wollte dem Mann gerade antworten, dass er bloß aufpassen sollte, ihm könnte ja schließlich jeder schreiben und so, besann sich dann aber eines Besseren und hielt den Mund. Er beendete das Gespräch und diktierte hastig ein kurzes Fax an die Versicherung.

Die Etagenhexe Elvers war zwischenzeitlich auf ihrem Besenstiel davon geritten, und Eilers hatte berichtet, dass Homann nach Auskunft einer Nachbarin übers Wochenende weggefahren sei. Nichts stand also einem ruhigen Wochenende entgegen.

Der Wahlspruch der Best-Treuhand Versicherungs-Compagnie lautete „Alles für das Wohl unserer Kunden".

Das stimmte auch, jedenfalls solange aus Prämienzahlern keine Anspruchsteller wurden. Als kleiner, regionaler Lebensversicherer mit bombastischem Namen, aber ohne Geld hatte es die Best-Treuhand Versicherungs-Compagnie schwer genug, gegen die Großen und immer größer Werdenden der Branche zu bestehen.

Erst hatte man versucht, bei dem Monopoly mitzuspielen und drängte sich den Marktführern als hoffnungsfroher Übernahmekandidat auf. Daraus wurde freilich nichts, weil niemand im Konzert der Großen die Best-Treuhand ernst nahm. Nicht einmal als Appetithappen beim Auftakt des großen Fressens.

Mittlerweile befand man sich in ernsten wirtschaftlichen Schwierigkeiten. Die Best-Treuhand hatte einen Großteil des Kapitals in Erwartung einer gewaltigen Rendite am Neuen Markt angelegt. Das war nicht gut.

Die gesetzliche Verpflichtung zur breiten Streuung der Vermögensanlage glaubte man damit zu erfüllen, dass man gleichzeitig direkt in Unternehmen der IT-Branche investierte, am liebsten in solche, die am Neuen Markt notiert waren. Das war auch nicht gut.

Schließlich hatte man die verbleibenden Kapitalreste auf dringendes Anraten eines Brokers, der mit einem Vorstand der Best-Treuhand verbandelt war, an der Warenterminbörse in chilenischem Kupfersulfat angelegt. Jedenfalls hatte das der Vorstand der Best-Treuhand geglaubt. Hinterher stellte sich heraus, dass der Broker seine Geschäfte aus dem offenen Vollzug einer Justizvollzugsanstalt heraus betrieb und die unverhoffte finanzielle Grundausstattung zur Flucht nach Chile nutzte. Das war erst recht nicht gut.

Der zuständige Vorstand war daraufhin zwar in den vorgezogenen Ruhestand auf seine neue Farm nach Chile verschickt worden, aber die Situation bei der Best-Treuhand Versicherungs-Compagnie wurde kritisch.

Fritz Wolter leitete seit drei Jahrzehnten die Hauptabteilung „Kapital und Leben" der Best-Treuhand und sah auch so aus. Grauer Anzug, graue, struppige Haare, graues Gesicht, grauer Schnauzer. Er trug die verzweifelte Demenz eines Lebens zwischen verstaubten Akten offen vor sich her.

Fritz Wolter war zur Audienz beim Chef einbestellt. Dr. Lothar Mrowczyk war der für Finanzen zuständige Vorstand der Best-Treuhand und hatte, trotz abgründigem Gehalt, seiner Auffassung nach den schlimmsten Job im ganzen Laden, eine Auffassung, die viele teilten.

Mrowczyk sah Wolter wie ein ungezogenes Kind an.

„Was sagt denn die Polizei?"

„Das Übliche. Nichts. Die ermitteln noch und haben keine Ahnung. Im Gegenteil, die wollen von uns Auskünfte zu der Versicherung haben."

„Was für Auskünfte?"

„Keine Ahnung, ich erteile keine telefonischen Auskünfte. Die sollen mir einen Brief schicken."

„Verdammt, Wolter, wir müssen nachweisen, dass das ein Mord war. Sonst …"

Der Rest blieb für einen Moment in der Schwebe.

„ … müssen wir zahlen, meinen Sie?"

„Wovon denn? Haben Sie sich schon einmal die Police angesehen? Die Versicherungssumme bei Unfalltod liegt bei 10 Millionen DM. Selbstmord ist nicht ausgeschlossen, ist noch einer dieser alten Kontrakte."

„Und Mord …"

„ … ist ein Unfalltod, nichts weiter. Das sollten Sie eigentlich wissen, Wolter, nach dreißig Jahren im Gewerbe. Das nützt uns nur dann etwas, wenn seine Ex, äh, die Anspruchstellerin ihn abgemurkst hat."

„Wie sollen wir das denn beweisen?"

„Irgendwie. Wir müssen die Auszahlung mit allen Mitteln verhindern oder wenigstens verzögern. Jeder Monat zählt. Wie Sie das anstellen, ist mir egal."

„Wie? Wir haben nichts in der Hand. Wir können natürlich sagen, dass wir die Ermittlungen der Polizei abwarten müssen, aber damit kommen wir nicht durch, wenn die Frau einen Anwalt einschaltet."

Mrowczyk blickte düster drein.

„Bei der Summe wird sie das bestimmt. Gibt es irgendeine juristische Möglichkeit, ich meine, ist der Vertrag wasserdicht? Sind alle Unterschriften drauf?"

„Das hat die Rechtsabteilung geprüft. Die meinen, es bestünde vielleicht eine winzige Chance, den Vertrag bei Gericht für ungültig erklären zu lassen. Dann müssten wir nur die gezahlten Prämien herausrücken, weiter nichts."

In Mrowczyks Gesicht zuckte ein unfreiwilliges Grinsen wie ein fernes Wetterleuchten auf.

„Phantastisch, Mensch Wolter, das klingt gut. Scheiß auf die Prämien, wie viel macht das überhaupt?"

Wolter musste kurz seine Unterlagen konsultieren.

„Etwa fünfundzwanzigtausend Euro."

„Mensch, Wolter, selbst wenn wir damit nicht durchkommen, so ein Prozess schleppt sich doch locker drei Jahre. So weit nach vorne denke ich doch gar nicht. Das gibt uns Luft. Und die Prämien zahlen wir bis zum Prozessende auch nicht aus. Wetten, dass die Frau dann ganz klein mit Hut angekrochen kommt, weil sie sich die Warterei nicht leisten kann?"

Mrowczyk sah triumphierend auf Wolter herab. Der Innenarchitekt hatte geschickt für Unterschiede in der Höhe gesorgt.

„Wo ist der Götz überhaupt? Der soll uns das mit dem Vertrag mal genau erklären."

Dr. Falko Götz war Leiter der Rechtsabteilung.

„Ich glaube, der hat eine neue Referendarin und ist mit der Eis essen gegangen."

„Was?"

Wolter konnte Götz nicht riechen und war die Unschuld in Person.

„Der hat eine neue Referendarin und …"

„Ja, ja. Organisieren Sie gleich ein Meeting mit dem Rechtsverdreher. Ich will genau wissen, wie unsere Chancen stehen. Ach, Wolter, er soll die verdammte Referendarin mitbringen."

Dr. Lothar Mrowczyk war ein großer Anhänger von Abreißkalendern mit Sinnsprüchen. „Heute wird Ihnen und der Welt etwas geboten". Korrekt, die Referendarin war sensationell.

Aber das war nicht seine Hauptsorge, noch nicht. Er wollte genau wissen, wie die Chancen der Best-Treuhand Versicherungs-Compagnie stünden, den unanständigen Anspruch der Witwe Gnauser abzuwehren.

Zehn Millionen Mark, fünf Millionen Euro! Dafür musste er mindestens zwei Jahre arbeiten! Und das bei nur fünfundzwanzigtausend eingezahlten Euro. Was bildete die sich eigentlich ein? Was musste eigentlich noch passieren in dieser Republik? Alle stellten immer nur Ansprüche und die Wirtschaft ging kaputt.

Mrowczyk konnte zwar die Bundeskanzlerin nicht leiden, aber in dem Punkt hatte die Frau zweifellos Recht. Trotzdem würde er diesmal die DPU wählen, die brachten die Dinge wenigstens auf den Punkt. Leistung für Deutsche! Jawoll. Mrowczyk verdrängte seine reinrassig polnische Abstammung erfolgreich. Zum Glück würde die DPU trotz seiner Stimme in der Bedeutungslosigkeit versinken, solche halbgaren Idioten konnte man ja allen Ernstes nicht außerhalb des Bierkellers wollen, aber so konnte man wenigstens herrlich anonym seine Unzufriedenheit mit den herrschenden Verhältnissen dokumentieren.

Dr. Falko Götz, Leiter der Rechtsabteilung der Best-Treuhand, saß ihm gegenüber. Götz hatte lange Jahre als Anwalt mit wechselndem Erfolg dilettiert und fühlte sich sehr geschmeichelt, als ihm die Best-Treuhand vor einigen Jahren das Angebot machte, die Rechtsabteilung zu leiten. Er hatte zu spät gemerkt, worauf er sich eingelassen hatte.

Die Abteilung bestand aus ihm und dem Diktiergerät. Da Götz der Rückweg verbaut war, machte er gute Miene zum bösen Spiel und versuchte verzweifelt, sein Schäfchen ins Trockene zu bringen, bevor das Gebilde Best-Treuhand Versicherungs-Compagnie zusammenbrechen würde. Zwischendurch schrieb Götz immer mal wieder zur eigenen Absicherung Memoranden über die Verpflichtung des Vorstandes, sofortige Insolvenz zu beantragen.

„Wie stehen denn nun unsere Chancen, heil aus der Sache raus zu kommen?"

„Nun ja."

Götz räusperte sich gewichtig.

„Das ist ein zweischneidiges Schwert. Der Vertrag ist zustande gekommen, alle Unterschriften wurden geleistet und so weiter, außerdem haben wir ja anstandslos jahrelang die Prämien kassiert. Das sähe schon komisch aus, wenn wir jetzt anfingen, an unserem eigenen Vertrag zu zweifeln."

„Mensch, Götz, ich muss Ihnen doch nicht sagen, dass wir hier keinen Moralapostelwettbewerb veranstalten, oder? Wir sind eine ganz normale Versicherungsgesellschaft! Mein Gott, wir wollen nicht zahlen, und das um jeden Preis. Was ist daran so schwer zu verstehen?"

„Schon klar. Aber als Jurist muss ich Sie warnen."

„Wovor?"

„Vor einem Schneeballeffekt. Wir könnten den Prozess in dieser Sache nur gewinnen, wenn wir uns darauf berufen, dass der Vertrag mit unserem Versicherungsnehmer ungültig ist. Das ist er wohl auch, aber nur wegen der von uns verwendeten Geschäftsbedingungen und Vertragsklauseln. Die verstoßen mit großer Wahrscheinlichkeit gegen die guten Sitten."

„Prima. Gut gemacht. Was wollen Sie denn noch? Los, an die Arbeit."

„Halt. Da wir überall die gleichen Verträge verwenden, hieße das, dass alle unsere Verträge unwirksam wären. Ausnahmslos alle. Wir bekämen schlagartig keine Prämien mehr und müssten alle erhaltenen Prämien zurückzahlen. Ich bezweifle, dass wir das können."

„Natürlich nicht. Muss das denn gleich so publik werden? Ich meine, könnte man da nicht eine Regelung treffen, dass wir das geheim halten?"

„Nein. Das klappt niemals. Das ist doch der größte Trumpf der Gegenseite. Für solche Geschichten zahlt die Presse gut."

„Scheiß Fliegenfresser."

Mrowczyk saß einen Moment still, dann sah er Götz an.

„Was schlagen Sie also vor?"

„Wir müssen erst einmal herausbekommen, was wirklich passiert ist. Auf die hiesige Polizei können wir uns nicht verlassen."

„Allerdings nicht. Also, was machen wir?"

„Ich kenne von früher her da noch jemanden in Krefeld. Der kann uns helfen. Und bis dahin fahren wir die übliche Verzögerungstaktik."

Dr. Mrowczyk sah Götz mit so etwas wie Respekt an.

„Mein Gott, Götz, so kenne ich Sie gar nicht. Weiter so!"

Das tat gut, nützte aber nichts, denn die Referendarin überprüfte gerade den Sitz ihrer Fußnägel und hörte nicht zu.

11

Ferdinand Steguweit war kein Nachtmensch. Abends um zehn war bei ihm Schicht im Schacht, auch am Wochenende. Schließlich musste man sehen, dass am nächsten Morgen das Bruttosozialprodukt wieder in Schwung kam.

Heute Nacht hatte er freilich keine Wahl. Wenn Wolfgang ihn in dieser Situation zu sich bestellte, dann musste er kommen, dann spielte es keine Rolle, dass beide Zeiger der Uhr mit ausgestrecktem Finger senkrecht nach oben wiesen. Seiner Annegret hatte Steguweit irgendetwas von Überstunden und Unentbehrlichkeit vorgenuschelt. Annegret stellte sowieso keine Fragen.

Vielleicht war das ja die ersehnte Gelegenheit, Wolfgang klarzumachen, dass die DPU für ihn doch nicht das Richtige war.

Steguweit hatte lange darüber nachgedacht. So wichtig und richtig ein Politikwechsel war, so unwahrscheinlich war, dass ausgerechnet die DPU hierzu in der Lage sein würde. Die Praxis der DPU hatte überwiegend mit Saufen und Dummschwätzen zu tun. Der IQ der meisten Anhänger wurde von einem Paket Bandnudeln geschlagen. Und die Geschichte mit seinem Autoradio. Nein, das war nicht die ordentliche Welt des Ferdinand Steguweit.

Dann der Stress mit Doesburg. Nicht, dass er auf die Meinung dieses Kommunisten etwas gegeben hätte, aber er musste zwangsläufig mit ihm zusammenarbeiten und wenn Doesburg das mit dem Oldenburger Staatsanwalt und der DPU herausbekommen würde, dann könnte er in Bremerhaven einpacken.

Der Hof der „United Security Bremerhaven" war taghell erleuchtet, was Steguweit gar nicht passte, der hier gerne unerkannt geblieben wäre. Er verschloss sein Auto unter den Augen zweier wissend grinsender Glatzen sorgfältig.

„Na Oppa, brauchste neues Radio? Ich hätte da grad eins im Angebot, das würde genau passen. Gar nichts los."

Steguweit stiefelte in das Büro, ohne die Käsebomber einer Antwort zu würdigen.

„Hallo Wolfgang."

„Ferdinand."

Steguweit kannte Wolfgang Wiechmann nicht nur von Veranstaltungen der DPU, sondern auch aus Behördenakten. Wiechmann war mehrfach wegen Bandendiebstahls und Einbrüchen vorbestraft gewesen, bis er die „United Security Bremerhaven" gründete. Seither hatte er die Polizei mit Arbeit verschont. Immerhin hatte er sich während der Knastkarriere sein passives Wahlrecht erhalten, was ihm den Sprung an die Spitze der DPU-Landesliste erlaubte. Wolfgang Wiechmann, der erfolgreiche Unternehmer, unterstützt die DPU! Das mit den Vorstrafen hatte die Öffentlichkeit noch nicht so richtig mitbekommen.

„Wir müssen reden."

„Allerdings. Fang an."

Steguweit nahm all seinen Mut zusammen.

„Ich will wieder aus der DPU raus. Das ist nichts für mich."

Wiechmann kratzte ausgiebig seinen fetten Bauch.

„Ferdinand, nun mal immer mit der Ruhe. Was du am Mittwoch erlebt hast, war nicht die DPU. Das war unser Fußvolk, unsere Kettenhunde, die geifernden Köter. Die kannst du mit einem Fass Bier zufrieden stellen. Bei den Grützköpfen muss man sich von Zeit zu Zeit blicken lassen, aber das ist nicht die Partei."

„Nicht?"

„Ganz und gar nicht. Aber wir arbeiten gerne im Verborgenen. Wir lassen uns ungern in die Karten sehen, und zwar von niemandem. Auch von der Polizei nicht."

„Das verstehe ich ja …"

„Lass mich ausreden, Ferdinand. Wir wollen in Ruhe gelassen werden, bei allem, was wir tun. Wir können es absolut nicht brauchen, wenn die Polizei etwas gegen unsere Mitglieder unternimmt. Deshalb sorgen wir vor, so gut wir können. Das hast du ja schon am eigenen Leib zu spüren bekommen."

„Wie?"

„Na, unseren Herrn Staatsanwalt in Oldenburg. Schon vergessen? Mehr brauche ich ja wohl nicht zu sagen. In Niedersachsen haben wir nichts mehr zu befürchten, auch in Bremen haben wir mittlerweile ganz gute Kontakte bis nach ganz oben, aber Bremerhaven stellt immer noch ein Problem für uns dar, Ferdinand. Immerhin ist hier unsere Zentrale."

„Ja, aber …"

„Nichts aber. Wir brauchen Leute bei der Polizei oder bei der Staatsanwaltschaft. Andernfalls ist das Risiko viel zu groß, dass die Partei öffentlich durch den Dreck gezerrt wird. Du kennst unsere linksradikale Geiferpresse ja."

„Sicher, natürlich …"

„Und deshalb braucht die Partei dich jetzt, Ferdinand. So einfach ist das. Wir können dich nicht gehen lassen. Außerdem wärst du nichts mehr wert, wenn du gehen würdest. Für niemanden."

„Wieso das denn? Ich würde euch niemals verraten."

„Darum geht es gar nicht. Es geht um dich, Ferdinand. Ich hab schon mit Oldenburg gesprochen. Die werden an dir ein Exempel statuieren. Zwei Jahre auf Bewährung, das war's dann mit dem bequemen Beamtenstatus. Nein, Ferdinand, du hast gar keine Wahl mehr. Du gehörst jetzt uns."

Steguweit wurde schwindelig.

„Aber das geht nicht …"

„Und wie das geht, Ferdinand. Sieh mal, ich bin ja auch nicht derjenige, der über all das entscheidet. So gesehen bin ich selber nur ein kleines Licht, jedenfalls im Gesamtzusammenhang. Es geht hier um viel mehr, als du dir mit deinem kleinen Polizistenschädel zusammenreimen kannst."

„Aber du bist doch der Parteivorsitzende …"

„Schon. Aber das ist noch nicht das Ende der Fahnenstange. Bei weitem nicht. Selbst über mir gibt es noch Organe. Da geht es um Geld, um viel Geld, mein Lieber, davon machst du dir keine Vorstellung. Also versuch es gar nicht erst."

„Aber was wollt ihr denn von mir?"

„Zunächst einmal wollen wir alles wissen, was mit dieser Autohausgeschichte zusammenhängt. Diesen abgebrannten Autohäusern mit den Toten, Ferdinand."

„Aber ich bin doch nur bei der Spurensicherung …"

„Mach mir nichts vor. Erzähl. Wen habt ihr im Visier?"

„Nun ja, das ist alles noch nicht sehr konkret …"

„Wen, verdammt noch mal?!"

„Die Ehefrau von dem einen Inhaber ..."
„Waas?"
Wiechmann war aufgesprungen und rannte auf und ab.
„Das gibt es doch nicht. So ein Schwachsinn! Das soll ich dir glauben?"
„Ehrlich! Da ist so eine Versicherung, außerdem gibt es Parallelen zu einem Fall in Blumenthal 1996, aber so genau weiß ich da auch nicht Bescheid. Gestern ist der Doesburg ..."
„Doesburg?"
„Ja, der leitet die Ermittlungen. Jedenfalls ist der gestern auf etwas Neues gestoßen, aber ich weiß nicht, was. Ehrenwort!"
„Das findest du raus, Ferdinand, bei unserer Freundschaft!"
„Ich will versuchen, was ich machen kann. Aber, äh ..."
„Brauchst du Geld?"
„Nein! Bloß nicht. Aber, weißt du, mein Autoradio, an das hatte ich mich doch ziemlich gewöhnt, da waren alle Sender so schön eingespeichert und so, ich meine, könnte ich das vielleicht wiederkriegen?"
„So was machen die Jungs eigentlich aus Prinzip nicht, Sachen wiedergeben, meine ich, aber ich will mal eine Ausnahme machen. Komm am Montag mit Ergebnissen wieder, dann sehen wir weiter."

12

Früher hatte Doesburg die Fahrerei mit seinem alten Auto nichts ausgemacht. Die Autobahn war nun mal faltig wie Inge Meysel. Dann aber hatten die modernen Vorführwagen die Rillen weggebügelt, als sei die A27 beim Schönheitschirurgen gewesen. An diesem Montagmorgen war wieder Inge am Steuer. Nicht nur das, Inge war schwer gealtert. Die Geräusche aus dem Motorraum waren lauter als je zuvor und hatten noch dazu jeden Rhythmus verloren, der bei aller Besorgnis immer noch etwas Tröstliches gehabt hatte. Was im Takt klapperte, konnte ja nicht komplett kaputt sein.

Er schaffte es noch bis ins Büro und beschloss, am Abend ein Taxi zu nehmen.

Auf der Etage wurde er gleich von einem ungewohnt servilen Steguweit in Beschlag genommen.

„Ich hab was Neues. Die Miete von Laskau in den Bürgern wurde von einer Firma bezahlt."

„Was für eine Firma?"

„Eine WBA GmbH. Noch nie von der gehört."

„Hast du schon im Handelsregister nachgesehen?"

„Nein, die Auskunft kam eben erst von der Bank …"

„Dann mach ich das. Sonst noch was?"

„Nein. Aber sag mal, diese Frau von dem Gnauser, habt ihr die wirklich noch in Verdacht?"

„Nicht mehr, die hat ein sicheres Alibi. Wieso?"

„Nur so."

Steguweit verschwand blitzschnell wie eine Schlange im Geröll und ließ ihn ratlos zurück. Er wollte gerade Frau Elvers mit der Handelsregisteranfrage bemühen, als ihm einfiel, dass Frau Elvers die ganze Woche frei hatte. Sie hatte irgendetwas von vorgezogenen Flitterwochen geflüstert beziehungsweise posaunt. Das arme Schwein!

Das Handelsregister meldete ihm, dass die „WBA Besitz- und Verwaltungsgesellschaft" ordnungsgemäß in Bremerhaven gemeldet sei und dass ihre Anteile von einer „KKK Holding" In Kaliningrad gehalten werde. Geschäftszweck sei die Beteiligung an anderen Unternehmen und der Besitz von Immobilien. Der „WBA Besitz- und Verwaltungsgesellschaft" gehöre ihr Firmengebäude in Bremerhaven. Geschäftsführer sei ein gewisser Alexander Laskau.

Also hatte sich Laskau die Miete von seiner eigenen Firma bezahlen lassen. Nicht weiter dramatisch, aber warum hatte Laskau überhaupt eine Firma? War Laskau etwa ehrlich geworden?

Den Firmensitz würde man besser unter die Lupe nehmen. Das war eine schöne Aufgabe für Eilers, der heute Morgen stolz seine neueste Anschaffung zur Schau trug: einen weißen Tropenanzug aus zerknittertem Leinen aus dem Otto-Katalog, in dem er wie der Papst auf Messebesuch aussah.

„Immer ich. Dafür bin ich gar nicht richtig angezogen."

Sein Autoradio konnte Ferdinand Steguweit nicht erspähen, aber er gab die Hoffnung nicht auf. Die Geschichte war schließlich noch nicht vorüber und Wiechmanns Schreibtisch groß und verwinkelt. Immerhin hatte er die gewünschten klaren Verhältnisse kolportiert, wenngleich die Reaktion seines Parteifreundes zu wünschen übrig ließ.

„Du willst uns ja wohl nicht verarschen, Ferdi, oder?"

„Nein, ehrlich, ich war gerade bei Doesburg, der hat mir das genau so gesagt. Die Frau Gnauser ist nicht mehr verdächtig, weil sie ein Alibi hat. Der würde mir keinen Unsinn erzählen. Das würde der sich gar nicht trauen!"

„Und wieso taucht die Polizei dann heute morgen zu zweit bei der Frau Gnauser in Krefeld auf? Na, kannst du mir das wenigstens erklären?"

Steguweit war verdattert.

„Nein, also, ich, wirklich nicht."

Wiechmann beugte sich so dicht zu Steguweit herunter, dass sein tropfnasser Schnauzer Steguweits Wange berührte.

„Aber ich kann dir das sagen. Entweder verarscht dein lieber Kollege dich oder du uns. Und soll ich dir noch was sagen?"

„Was denn?"

„Dass mir das im Grunde Scheißegal ist. In beiden Fällen haben wir von dir nichts mehr zu erwarten."

Steguweit fühlte, wie ihm der kalte Schweiß ausbrach.

„Ja, aber, dann kann ich ja jetzt gehen."

Nach seinem Autoradio traute Steguweit sich nicht zu fragen. Wiechmann drückte ihn in den Besuchersessel zurück.

„Das habe ich nicht zu entscheiden, Ferdinand, du bist jetzt ein Fall für den Chef."

„Aber ich muss zurück ins Büro. Die vermissen mich doch!"

„Das werden wir ja sehen."

Eilers gab ein komisches Bild ab, wie er im kalten Wind in seinem zu engen Tropenanzug der Marke Zigeunerbaron den Sitz der „WBA Besitz- und Verwaltungsgesellschaft" belauerte. Er hatte sich wie immer auf einen halben Tag Büroarbeit eingerichtet, mehr nicht.

Die Firma war in einem schäbigen Altbau mitten in Bremerhaven gemeldet. Die letzte Renovierung lag so lange zurück, dass sie keine Rolle mehr spielte. Im Erdgeschoß ein Billigpuff, „Erikas Luderladen", über der Toreinfahrt ein handgemaltes dreckiges Bettlaken. „Kampf den Lebensmitteln". Nach Konzernzentrale sah das nicht gerade aus.

Eilers seufzte laut vor sich hin, weil er ahnte, was ihn hier erwarten würde. Keine Klingeln und überall Hausbewohner, deren Auskunftsfreudigkeit sich locker mit der einer Qualle messen konnte. Einer toten, stinkenden Qualle.

Der Flur des Hauses war rechts und links statt mit Tapete zentimeterdick mit bunten Plakaten zugekleistert, eines kündigte das Konzert einer „Manuela" in der Bremer Glocke an. Eilers schielte nach dem Datum. 17.08.1975. Darüber die Stones in Hamburg und zu guter Letzt ein winziger urinfarbener Flyer, der den „Live-Auftritt der bekannten Volksmusikgruppe Klaus und die Jägerschnitzler" in der Fedderwardersieler Campingklause ankündigte. Während Eilers noch die Musikgeschichte Norddeutschlands der Nachkriegszeit bewunderte, klapperten im Hintergrund laut und eilig Absätze die alte Holztreppe herunter.

Klack-klack-klack.

Eilers drehte sich um und blickte unvermittelt in das Gesicht einer zierlichen Frau, die sich fix wie eine Comicfigur bewegte. Vom Gesicht war allerdings nicht viel zu sehen, denn die Frau trug ein Arafat-Kopftuch so um den Kopf geschlungen, dass man nur noch die Haarspitzen (Dunkelbraun), die Nase (klein), die Augen (groß, auch Dunkelbraun) und den Mund (Rot und toll) sah. Der Rest war durch eine weiße, unförmige Malerhose und einen zeltartigen Pullover verhüllt.

„Hallo, wen suchst du denn? Willst du auch zu unserer Gruppe?"

„Was für eine Gruppe?"

„Bekaerreffeff."

„Bekaerreffeff?"

„Ja. Genau. So heißen wir. Das Bremerhavener Komitee gegen Rassenhass, Faschismus und Frauenfeindlichkeit. BKRFF. Noch nie von uns gehört?"

„Nein, leider. Was macht ihr denn so?"

Eilers war fasziniert von den großen Augen, die ihn unverwandt aufmerksam fixierten.

„Alles, was gut ist. Wir kämpfen für die Rechte der Palästinenser, der Asylbewerber, der Versuchstiere, der Frauen, und so weiter."

„Toll. Aber ich suche nicht eure Gruppe, ich suche …"

Die Frau plapperte fröhlich dazwischen.

„Das ist aber schade, weißt du, wir könnten gut mehr so Spießer gebrauchen. Ich meine, so welche wie dich, die normal aussehen. Die Leute auf der Straße halten uns nämlich für Chaoten."

Sie lachte fröhlich. Eilers konnte sich immer noch nicht von den quicklebendigen Augen lösen, er verzieh ihnen auf der Stelle alles, auch den Spießer. Mein Gott, sie hatte ja Recht.

„Also, interessieren täte mich das schon, aber ich fürchte ja, dass ihr mich gar nicht haben wollt. Ich bin ja keine Frau. Und auch kein Versuchstier."

„Na und? Ich bin ja auch kein Tier und setzte mich für die Rechte von Meerschweinchen ein. Das ist doch kein Widerspruch. Komm uns mal besuchen. Ist immer was los. Wir treffen uns oben unter dem Dach. Ach ja, bring was zum Rauchen mit, darauf stehn die hier."

Die Frau lachte wieder mit einer so ansteckenden Fröhlichkeit, dass Eilers keinen Gedanken an die Tücken des Betäubungsmittelgesetzes verschwendete.

„Wenn du nicht zu uns willst, wo willst du denn dann hin?"

„Ich suche eine Firma. Eine WBA GmbH. Die muss hier irgendwo sein."

Die Frau runzelte die Stirn, was sie in Eilers Augen nur noch attraktiver machte.

„Erste Etage, glaube ich. Da hängt so ein kleines Firmenschild. Das sind die bestimmt. Aber ich habe da noch nie jemanden gesehen. Ich muss jetzt leider los. Tschüß."

Weg war der Wirbelwind und hinterließ einen geplätteten Eilers mit aufgeblähtem Blutdruck.

Wahnsinn.

Die WBA GmbH musste einen Augenblick warten, bis Eilers das komische Gefühl losgeworden war. Das Gefühl einer Horde rasender Ameisen im Bauch, nur etwas tiefer. Natürlich war Eilers glücklich verlobt, aber was hieß das schon nach so vielen Jahren? Und wenn ihn schon jemand als Spießer bezeichnete, dann traf das erst recht auf seine

Christiane zu. Vielleicht brauchte er tatsächlich mal eine Veränderung!

Nach ein paar Minuten ging es wieder. Schwerfällig machte Eilers sich an den Aufstieg im Treppenhaus. Was hatte seine Prinzessin ihm so süß ins Ohr geflüstert? Erste Etage?

In der Tat, WBA Besitz- und Verwaltungs-GmbH auf einem Lupenschild, aber niemand öffnete. Kein Wunder, der Chef war schließlich tot, und nach Büro mit schicker Sekretärin sah es hier wirklich nicht aus. Eher nach Briefkasten für das Finanzamt. Also ein Fall für später, für Steguweit und seinen faulen Helfer Klein.

Eilers beschloss, sich noch etwas umzusehen. Unter dem Dach logierte ja das Aktionszentrum seiner Prinzessin, vielleicht fanden sich da Spuren der bürgerlichen Existenz der Dame. Schließlich war Eilers im Grunde seines Herzens ein sehr bürgerlicher Mensch. Wer weiß, vielleicht bot die Anschrift der Dame neue, ungeahnte Ansatzpunkte. Ein zufälliges Zusammentreffen an der Bushaltestelle, der gleichzeitige Griff nach einem Bündel Bananen beim ALDI um die Ecke oder etwas in der Art.

Eilers schnaufte beim Aufstieg zum Liebesnest und malte sich aus, wie es wohl wäre, da oben unter dem Dach mit seiner Angebeteten zu hausen. Nur mit einem Palästinenserwimpel bekleidet, von Che Guevara neidisch beäugt, auf dem Nachttisch die Opiumpfeife vom Vorabend, daneben die leere Schachtel Viagra. Er keuchte.

Die Pausen wurden länger und auf dem letzten Treppenabsatz fühlte sich Eilers nicht mehr als der jugendliche Held aus seinen Träumen. Im Augenblick waren eher ein laues Lüftchen und frisches Deo angesagt. Weit vornüber gebeugt schielte er nach Größe und Durchsaftung der

Schwitzflecken unter den Armen, als sich eine Tür hinter ihm öffnete.

„Wer bist du denn?"

Was bist du denn, wäre die passende Gegenfrage gewesen. Vor ihm stand ein wahrhaftiges Monster aus Tausend und einer Nacht. Die Furunkel im Gesicht glänzten wie Halbedelsteine, die tiefroten Augen im blutleeren Gesicht wurde von zwei ausgeprägten tiefschwarzen Halbmonden untermalt, die verkniffenen Lippen durchschnitten die runzelige Fläche wie eine frische Wunde und die strähnigen Haare glänzten vor Fett wie ein Wischmop nach der Arbeit.

Eilers sah unwillkürlich an der Gestalt herunter, um das Geschlecht bestimmen zu können. In Brusthöhe war nichts zu sehen, noch tiefer auch nicht. Die Arme waren mit einem bunten Muster von Einstichstellen übersät.

„Äh, ich suche eine Frau."

„Der Puff ist unten."

„Nein, nicht so eine. Eine kleine, nette …"

„Stehst wohl auf kleine Kinder, was?"

„Nein, nein, ich suche eine Frau von der BKRFF."

„Wozu?"

Das konnte Eilers nicht sagen.

„Nur so, ich hab die mal kennen gelernt und wollte die nur so mal wiedersehen, nur so, also …"

Das Monster musterte ihn von Kopf bis Fuß.

„Was bist du denn für einer?"

„Also, das ist privat, nur so."

„Haste Stoff?"

„Was?"

„Stoff. Was zu rauchen oder zu spritzen."

„Äh, nein."

Schon wieder dieser lange Blick.

„Interessierste dich für uns?"

„Ja, ich meine, das mit den Tieren und den Frauen finde ich gut."

„Hab ich mir schon gedacht, dass du auf Tiere stehst. Mit den Weibern läufts nicht so gut, wie? Na gut. Komm rein."

Die Gestalt gab den Weg frei und ließ Eilers durch eine Wolke aus Schweiß, Zwiebeln und Rotweinessig passieren.

„Da rein."

Die Küche war vor Jahren zum letzten Mal vom Sperrmüll zusammengeklaubt und seitdem nicht mehr gereinigt worden. Der Gesprenkelte zeigte auf einen zehnfarbigen Bierschemel.

„Setz dich. Ich bin der Chef der Truppe. Kannst Fidel zu mir sagen. Das tun alle meine Kumpel."

Fidel zog eine Grimasse und entblößte einige faule Zahnhälse, die in seinem Kiefer noch Schmiere standen, obwohl der Rest der Truppe von dem Heroin längst zur Auflösung gezwungen worden war.

„Super. Was macht ihr denn so?"

Eilers heuchelte Interesse und versuchte gleichzeitig, sein Körpergewicht davon abzuhalten, den Hintern mit dem klebrigen Hocker zu verschweißen.

„Wir kämpfen gegen alles, was Scheiße ist. Also in erster Linie gegen die Gesellschaft. Alles Scheiße, hier in Deutschland. Woanders is es aber auch nicht besser."

„Aha."

„Ja, klar. Musst dich nur mal umsehen. Voll die Hölle. Alles arme Schweine. Alle vom Großkapital zu stumpfsinniger Arbeit gezwungen und dann mit irgendwelchen Almosen abgespeist, voll die Sklaverei. Wie früher, nur schlimmer."

„Das wusste ich nicht."

„Bist wohl blind, was? Auch 'n Schluck?"

Fidel hielt Eilers einladend ein zerknautschtes Tetra-Pak mit Rotwein hin.

„Nein, danke, das ist mir doch noch zu früh."

Das war seinem Dozenten offenkundig nur recht. Er schüttete sich genießerisch ein schmutziges Milchglas randvoll.

„Ich brauch das. Das inspiriert mich. Da komme ich auf göttliche Einfälle. Wein ist nicht umsonst das Getränk der Götter."

Von Wein verstand Eilers etwas, deshalb wusste er auch, dass das Gesöff auf dem abgenagten Küchentisch reines Teufelszeug war.

„Wie findste denn mein neues Plakat?"

„Das draußen?"

„Logo."

„Ja, super. Was bedeutet das denn?"

„Bist du blind? Mann, warst du noch nie einkaufen? Das Großkapital beherrscht doch den ganzen Lebensmittelhandel von A bis Z. Alles nur Bonzen. Glaub mir, ich versteh was davon. Ich war selber in der Branche."

„Ehrlich?"

„Und wie."

„Aber wo willst du denn dann deinen Wein herbekommen?"

„Von Aldi. Wie gehabt."

„Ja, dann."

Es entstand eine Pause, in der sein neuer Freund und Lehrmeister genussvoll das Glas leer saugte.

„Aah. Lecker. Aldi darf bleiben."

Er wischte mit dem tätowierten Handrücken über den Mund und erwischte dabei ein paar feste Brocken vom Frühstück, die er unwillig auf den Tisch schüttelte.

„Hier, das ist mein neues Plakat. Das für nächste Woche."

Fidel fummelte aus dem Hintergrund ein graues Bettlaken und hielt es Eilers hin, der es mit zwei spitzen Fingern zu entfalten versuchte.

„Verbrennt alle Autos".

Eilers erschrak.

„Wie kommst du denn auf so etwas?"

„Wir kämpfen gegen alles, was die Gesellschaft kaputt macht. Also in erster Linie gegen die Menschen. Aber das ist natürlich nicht alles. Es gibt überall Feinde des Guten und du willst ja wohl nicht behaupten, dass das nicht so ist, oder?"

„Nein, nein, natürlich nicht. Aber wieso denn gerade Autos?"

Sein Lehrer sah ihn misstrauisch an.

„Du hast doch nicht etwa auch so ein Scheißding?"

Fidel schien mitten im Satz noch etwas einzufallen.

„Wenn doch, kannst du mich ja nachher mitnehmen. Ich muss noch zum Sozi, was erledigen."

Eilers gruselte bei dem Gedanken, diese Eiterpocke in seinem frisch gekämmten Ford zum Sozialamt zu chauffieren.

„Nee, natürlich nicht. Trotzdem finde ich das ein bisschen makaber. Ich meine, du weißt doch bestimmt, dass letzte Woche hier Autowerkstätten gebrannt haben und es dabei auch Tote gegeben hat."

„Na und. Opfer gibt es bei jedem Kampf. In Bremerhaven und in Gaza. Da gibt es sowieso ziemliche Parallelen."

„Soll das heißen, dass ihr, ich meine, dass die BKRFF etwas mit der Sache zu tun hat?"
„Was denkst du denn."
„Wart ihr das etwa …"
Fidel sah Eilers zum ersten Mal mit halbwegs klaren Augen an.
„Bist 'n Bulle, was?"
„Wie kommst du denn darauf?"
„Ich rieche euch Brüder zehn Meilen gegen den Wind. So einen beschissenen Anzug aus schlecht zusammengenähten Küchenhandtüchern trägt sonst niemand. Aber aus mir kriegst du nichts raus, da hast du dich geschnitten. Ich verrate niemanden! Ich halte dicht bis zum letzten Blutstropfen. Verpiss dich."
Die Eiterbeule machte Anstalten, Eilers mit dem Weinpack zu bewerfen, als sie feststellte, dass sich noch etwas von dem köstlichen Nass zwischen der Pappe verbarg. Das verschaffte Eilers Zeit.
„Hör mal, ich bin wirklich nur wegen dieser Frau hier, ehrlich."
Eilers stand auf, aber die Lunte des Revolutionärs war entzündet.
„Ist doch immer das Gleiche! Ihr haltet doch alle zusammen. Einer wie der andere. Ein Pack! Dabei sind diese Autoscheißer die Schlimmsten überhaupt. Was meinst du, was die in Ihrer Freizeit machen, he?"
Er war jetzt auf Tuchfühlung mit Eilers gegangen. Eilers konnte den Atem riechen und die Spucke schmecken.
„Die gehen alle in Puff. Und was machen die, wenn die nicht in Puff gehen? Na?"
Er gab die Antwort selber.
„Dann kaufen die sich 'n Puff!"

Was für ein Quatsch. Eilers machte Anstalten zu gehen. Dabei fiel ihm ein, warum er überhaupt hier war. Todesmutig drehte er sich noch einmal um.

„Sag mal, die Frau, so 'ne Kleine mit braunen Haaren, supernett, sag mal, kannst du mir sagen, wo ich die vielleicht finden kann? Ich meine, die wohnt doch hier nicht etwa?"

Das Junkiemoster sah ihn verschwommen an.

„Die steht nicht auf Typen wie dich. Guck mal in den Spiegel, du Spießerarsch in Jogginghosen aus 'm Reihenhaus."

Das war selbst Eilers zuviel.

„Reihenendhaus, bitte schön. Aber du hast Recht. Ich hab ein Auto. Und was für eins. Und da fährst du jetzt eine Runde mit."

Der Mann hatte sich rechtschaffen und lauthals gewehrt, wie sich das für einen besoffenen und bekifften Revolutionär gehörte, aber Eilers war das nur Recht. So konnte er guten Gewissens die Kollegen rufen und ersparte sich die anschließende Desinfizierung seines Autos. Fidel zerdepperte noch den Küchentisch und den Hocker, aber der Schaden war nicht der Rede wert. Im Gegenteil, die Küche sah jetzt wesentlich wohnlicher aus, nur Fidel war immer noch schwer in Fahrt.

„Arbeiter aller Schichten, vereinigt euch!"

„Dreckschichten, meinst du wohl. Was arbeitest du denn?"

„Das geht dich einen Scheißdreck an."

Das war das Stichwort für die Kollegen, die täglich mit Junkies zu tun hatten und genau wussten, was zu tun war. Einpacken, wegschließen, auf den goldenen Schuss hoffen.

„Bullenpack. Eines Tages werde ich mich noch an euch erinnern!"

Eilers blieb in der leeren Wohnung zurück und sah sich noch ein bisschen um. Bloß nichts anfassen, nur gucken. Davon bekam man nichts. Vielleicht fand sich ja noch irgendwo ein brauchbarer Hinweis auf seine Traumfrau.

Hinter der Küche hatte der Innenarchitekt das Wohn- und Schlafzimmer eingerichtet. Recht rustikal eingerichtet, hauptsächlich mit einer farblich undefinierbaren Matratze, die tags als Sofa diente. Bei Fidel und der BKRFF war der Tag noch nicht angebrochen. Auf der Matratze fand sich ein wildes Gewurschtel aus einem Bettlaken und einer Hundedecke mit der Aufschrift „Justizvollzugsanstalt Bremerhaven 1984". Daneben eine Apfelsinenkiste mit Kerzen und ein paar der auch in Anarchistenhaushalten unentbehrlichen Billy-Regale. Darin, als Krönung der Bürgerlichkeit, einige Comics und ein Aktenordner mit der Aufschrift „BKRFF", den er mit zum Nachtlager nahm.

Eilers war übergewichtig und wie viele Dicke hielt er es nicht länger als unbedingt nötig auf den eigenen Beinen aus. Ohne Nachzudenken pflanzte er sich auf Fidels Nachtlager und übersah dabei einen großen, feuchten Fleck, der sich gerade durch seine Unterwäsche arbeitete, als sein Handy klingelte.

„Ja?"

„Ich bin's."

Die Stimme war kaum zu verstehen.

„Wer? Ich verstehe ..."

„Ich bin's. Hör zu! Du musst mir unbedingt helfen!!"

„Kannst du nicht lauter sprechen? Ich verstehe dich nicht!"

„Nein!! Du musst mir helfen! Sofort! Ich bin in Gefahr! Die wollen mich umbringen!!"

13

Heinz Schönfelder war ein Kölner in Krefeld. Das war auch nach dreißig Jahren im Exil eine heikle Konstellation. Kölner genossen in Krefeld den Status von Albanern im Kosovo. Aber was sollte man machen, die Liebe hatte ihn halt damals rheinabwärts geholt. Nicht, dass es ihm in Krefeld jemals gefallen hätte, und das mit der Liebe hatte auch nur bis zum ersten Kind gehalten, aber der Weg zurück war danach verbaut.

Wie, er wolle nach Köln zurück versetzt werden? Er käme doch aus Krefeld, was er sich eigentlich einbilde? Seit wann würden die Kölner Krefelder einstellen? Da würde eher der Rhein bergauf fließen. Und das ginge ja nicht, denn dann würde die Schweiz absaufen und Holland austrocknen.

Seine Einwände griffen nicht, denn es fand sich in seiner Personalakte ein unmissverständlicher Hinweis darauf, dass Heinz Schönfelder Mitglied in einem Krefelder Karnevalsverein war. Spätestens jetzt war bewiesen, dass er mit dem Feind sympathisierte. So kam es, dass Heinz Schönfelder seit nunmehr über dreißig Jahren als Laus im Pelz des Feindes saß.

Falko Götz hatte er vor Jahren zufällig auf einer Tagung in Bielefeld über fingierte Autounfälle kennen gelernt. Sie waren abends im gleichen Bordell versackt und seither so etwas wie Freunde. Notgedrungen. Jedenfalls reichten die hieraus resultierenden Zwänge, dem anderen auch dann einen Gefallen zu tun, wenn man eigentlich gerade keine Zeit hatte.

„Natürlich, mein lieber Falko, schön, dass du dich wieder mal meldest. Wie geht's denn so?"

„Alles super. Job läuft prächtig, Kohle ohne Ende, stell dir vor, ich bin hier Leiter der gesamten Konzern-Rechtsabteilung! Ist ein Riesenladen hier, wirklich. Und meine Referendarin, also, die müsstest du mal sehen, da war die Rita damals in Bielefeld ein Kartoffelsack gegen. Pass mal auf, ich hab einen Job für dich."

Auf der Fahrt zur angegebene Adresse hatte Schönfelder genug Zeit, um über den Job nachzudenken.

Er möge sich doch bitte bei der Anspruchstellerin aus einer Lebensversicherung genauer umsehen. Ob die allein leben würde, was die letzte Woche gemacht hätte, die finanziellen Verhältnisse und so weiter. Das Übliche halt. Falls er den Anspruch kippen könne, würde er 10% der Versicherungssumme bekommen. Eigentlich gar nicht schlecht. Na bitte, das konnte sich doch glatt lohnen, so eine kleine ungenehmigte Nebentätigkeit. Und der Aufwand schien überschaubar.

Die Frau bewohnte im Ortsteil Bockum ein eiterfarbenes älteres Einfamilienhaus mit braunen, schlecht gestrichenen Fenstern und vielen bunten Glasbausteinen. Das Dach war abwechselnd rot, schwarz und braun. Der Garten war mit Unkraut überwuchert, aber in der Garage konnte Schönfelder einen quietschgelben Opel Calibra erspähen, der ihm irgendwie bekannt vorkam. Aber nur irgendwie. Hier im Rheinland fuhr man gerne solche Aufrissbirnen.

Auf sein Klingeln meldete sich niemand, so dass er nach sorgfältiger Inspektion der ausgestorbenen Nachbarschaft beschloss einzubrechen. Sein Ausweis würde ihn schon schützen, Ausreden fanden sich im Zeitalter der Rasterfahndung leicht.

„Tut mir leid, bei Ihnen besteht El-Qaida-Verdacht!"
„Bei mir?!"
„Klar, sonst wäre ich ja wohl nicht hier, oder?"

Aber das würde er heute nicht brauchen, hier war niemand. Schönfelder ging um das Haus herum und entdeckte, dass die Terrassentür auf Kipp stand. Die altmodischen Beschläge hielten seiner Berufserfahrung nur knapp sechzig Sekunden stand und gaben dann knirschend den Weg frei.

Das Wohnzimmer war langweilig und leer, die Küche ebenso. Die rosa gefliese Gästetoilette roch unangenehm nach Urinstein.

Aus einem angrenzenden Zimmer drang ein leises Seufzen wie von einem eingesperrten Hund, der sich gehörig den Magen verdorben hatte.

Heinz Schönfelder konnte Tiere gut leiden und stieß die Tür auf, doch da wartete kein kranker Hund auf Erlösung. Ihm fielen die Augen aus dem Kopf.

„Was machst du denn hier? Und, äh, wieso"
Ihm fielen spontan keine passenden Worte ein.

Der Raum war kahl und bis auf ein Gefängnisbett aus alten Stahlrohren leer. Auf dem Bett lag, nur mit einer fleckigen Unterhose und einem Paar brauner Socken bekleidet, bäuchlings sein Kollege Josten. Bewegen konnte er sich nicht, denn er war mit Händen und Füßen an die improvisierte Streckbank gefesselt. Bis zu diesem Moment hatte Josten die Ausdehnung seiner Behandlung offenkundig sehr genossen; vielleicht war es aber auch die Vorfreude auf eine der Peitschen, die von den nackten Wänden hingen.

„Mmmpf..."

Erst jetzt bemerkte Schönfelder, dass Josten unter seinen Stielaugen geknebelt war.

„Soll ich dich losmachen oder willst du noch ein bisschen?"

„Mmpfff…"

„Junge, Junge, wenn ich das der Marita erzähle. Was kostet die Sauerei denn?"

„Dreihundert. Zuschauen extra. Und was Sie hier machen, ist Hausfriedensbruch."

Die große, zutiefst furchteinflößende Frau war leise wie eine Katze in den Türrahmen geschlichen und sah Schönfelder streng an. Wie ein Buchhalter zum Stempel griff sie nach einer Peitsche. Schönfelder zuckte beim Anblick der Stahlkugeln am Ende zusammen.

„Schönfelder, Kripo Krefeld. Es tut mir leid, aber bei Ihnen besteht El-Quaida-Verdacht, und da musste ich mich …"

„Sie haben sie ja nicht mehr alle. Fangen Sie noch mal von vorne an. Sonst fange ich an."

„Also, jetzt gehen Sie aber zu weit. Außerdem, was Sie hier mit meinem Kollegen veranstalten …"

„ … geschieht allein auf seinen Wunsch. Was kann ich dafür, dass ihr kleinen Faschistenarschlöcher alle einen Dachschaden habt. Also, jetzt mal Klartext: Was wollen Sie hier? Den Fernseher klauen? Oder Ihrem pimpfigen Kollegen beim Wachsen zusehen?"

14

Dennis Klein und Heino Wichers hatten die zweite Wache übernommen.

Die zweite Wache war die Mittagswache und öde. Die Jungs waren ausgerückt, nur der Chef saß noch im Büro, aber da mussten sie leider draußen bleiben.

Jetzt war es bereits eins und deshalb hatten sich Dennis Klein und Heino Wichers auch schon die ersten acht Dosen Edel-Hell in den Wanst gekippt. Jeder. Das war erlaubt, der Chef stellte den Stoff zur Verfügung, um das Arbeitsklima zu verbessern. Nummer neun war in Arbeit, als endlich doch etwas passierte.

Eine merkwürdige Karawane bog mit lautem Getöse und Trallala auf den Hof ein. Voran mit quietschenden Reifen ein in Goldpapier eingewickelter Focus, dahinter die übliche Aneinanderreihung verrosteter und verbeulter Streifenwagen mit Martinshorn. Die alten Dinger quäkten, als hätten sie gerade aus dem Osten rüber gemacht.

Dennis Klein und Heino Wichers waren zu besoffen, um noch zu reagieren, also blieben sie auf ihren Campingstühlen hocken und ließen Nummer zehn zischen. Dabei konnten sie gut beobachten, wie sich aus der Goldkugel schwerfällig ein höchst seltsam gekleideter Mann mit Rot glänzendem Gesicht und fleckiger Hose schälte.

„Was willn der Pastor hier? Wieso kommtn der mitte Bullen?"

Heino Wichers bekam vor Schreck Schluckauf.

„Das is der Papst. Der hat 'ne echt goldene Karre. Hab ich schon mal in der Glotze …"

„Quatsch! Der Papst fährtn Bus aus Glas. Was willn der Papst überhaupt hier?"

„Ne, die Karre is ganz aus Gold! Kannsse mir ruhig glauben. Hab ich schon mal in der Glotze …"

„Pooh! Jetzt küsst er den Boden! Das gibs doch gar nich! Was willn der Papst hier?"

Eilers verfing sich in den Turbulenzen seiner Hosenaufschläge und klatschte der Länge nach in eine Dreckpfütze.

„Sauerei."

Doesburg half ihm hoch, gemeinsam mit den Kollegen stürmten sie das Büro.

„Hände hoch! Keiner bewegt sich!"

Ein dicker Mann saß hinter dem Schreibtisch und war emsig damit beschäftigt, Unterlagen durch den Aktenvernichter zu jagen.

„Leckt mich am Arsch. Ich bin immun. Ich bin von der DPU."

Das war der einzig verständliche Satz, den man ihm entlocken konnte, wenn man von der gebrüllten Forderung nach einem Anwalt („aba sofott!!") einmal absah.

Steguweit fand sich in einem Schuppen auf der Rückseite des Geländes der United Security Bremerhaven an. Eingesperrt, müde, dreckig, böse.

„Das wurde aber auch Zeit. Wo wart ihr die ganze Zeit?"

Und, nach einem langen Blick auf Eilers.

„Wie siehst du eigentlich aus? Seit wann gehst du im vollgepißten Schlafanzug zur Arbeit?"

Das hätte sich Ralf Böhmermann auch nicht mehr träumen lassen. Sein vierter Frühling war wesentlich besser als die Nummern eins bis drei.

Seine neue Wuchtbrumme war vielleicht nicht jedermanns Geschmack, aber das glich sie durch exzellente Taktik und Unersättlichkeit aus. An Alraune stimmte einfach alles.

Sie waren bei der Zigarette dazwischen angekommen, wieder mal. Böhmermann konnte nicht mehr und hätte gerne eine Zigarrenpause gemacht. Er war deshalb für jede Unterbrechung, und sei es nur das Handy, dankbar.

„Böhmermann, was kann ich …?"

„Halt die Klappe. Die Bullen haben mich verhaftet."

„Wer? Wen?"

„Ich bin's, Wolfgang, verdammt noch mal. Konzentrier dich! Die Bullen haben mich verhaftet."

Böhmermann fiel fast das Handy aus der Hand.

„Warum?"

„Wegen dem anderen Bullen, den wir hierbehalten haben."

Böhmermanns Kampfgeist erwachte.

„Die Schweine! Die können was erleben. Der war doch freiwillig bei dir, oder? Da sollen die uns erst mal das Gegenteil beweisen!"

„Du musst gleich kommen. Ich habe keine Lust, hier in diesem Dreckstall zu übernachten. Außerdem geht mein Kleingeld alle."

„Klar, ich bin gleich bei dir."

Nach einem Blick auf seine schweinsäugelnde Bettnachbarin musste er sich korrigieren.

„Äh, sagen wir mal, in einer Stunde. Vorher schaffe ich das nicht."

„Du musst! Es ist nämlich noch mehr passiert. Die haben Guido!"

„Was?!"

„Die Schweine haben Guido weggeschnappt! Ich wollte auch gerade verduften! Und jetzt sind sie hinter dem Chef her. Du musst sofort was unternehmen!"

Die Leitung wurde jäh unterbrochen, das Kleingeld hatte seine Schuldigkeit getan, anders als er.

„Los, hopp! Weiter geht's."

„Warte. Ich muss erst noch was erledigen."

„Nix da!"

Wolfgang Wiechmann bezeichnete sich zwei Stunden später lautstark als unschuldig, von der Siegerjustiz verfolgt und bölkte, dass er sofort seinen Anwalt Böhmermann sprechen wolle. Dann wäre er sowieso gleich wieder draußen. Das Ganze sei ein abgekartetes Spiel, um die DPU ihrer verdienten Siegchancen zu berauben, weiter nichts.

Mit dem Anwalt gab es freilich ein kleines Problem. Doesburg konnte ein Schmunzeln nicht ganz unterdrücken, als er Wiechmann Buchstabe für Buchstabe ein Fax vorlas.

Sehr geehrte Damen und Herren, ich darf Ihnen hiermit auf das Verbindlichste zusichern, dass ich weder den Beschuldigten Wolfgang Wiechmann noch die Deutsche Populistische Union noch andere Mitglieder dieser Gruppierung anwaltlich vertrete. Soweit dies von Herrn Wiechmann behauptet wird, handelt es sich um eine grobe wahrheitswidrige Unterstellung, gegen die ich unverzüglich gerichtlich vorgehen werde. Nach telefonischem Diktat unterzeichnet, Böhmermann.

Wiechmann war sichtlich getroffen.

„Dieses Arschloch! Was bildet der sich eigentlich ein? Kaum sind Guido und ich im Knast, schon setzt er sich ab, unser feiner Herr Reichsjustizminister in spe."

Doesburg spitzte die Ohren.

„Guido? Was für ein Guido?"

„Guido Krawczyk. Nun tut mal nicht so. Den habt ihr vorhin hops genommen. Ich weiß alles."

Doesburg sah Eilers fragend an. Der zuckte nur mit den Schultern.

„Ich habe vorhin nur einen Säufer wegen Beamtenbeleidigung festgenommen. Ich weiß gar nicht, ob der noch da ist."

„Wo?"

„Wo der ist?"

Doesburg rollte mit den Augen.

„Wo du den festgenommen hast."

„Da. In diesem Haus. Bei dieser GmbH. Mit der hat der aber nichts zu tun."

„Sieh mal nach, ob der noch da ist. Wenn nicht, hol ihn zurück. Das ist vielleicht unser Bombenleger!"

Doesburg wandte sich wieder an Wiechmann.

„Ich gehe davon aus, dass Sie nichts aussagen möchten, oder?"

„Wovon du ausgehen kannst. Was wollt ihr überhaupt von mir?"

„Wir werfen Ihnen die Entführung unseres Kollegen Steguweit vor. Erst einmal. Das reicht bei ihrem Vorstrafenregister locker für fünf Jahre."

„Ich will einen Anwalt, und zwar diesmal einen richtigen, nicht so eine Schießbudenfigur wie den Böhmermann. Weißt du eigentlich, dass Böhmermann was mit Deiner Sekretärin hat?"

Doesburg ließ Wiechmann zum Nachdenken alleine. Eilers fing ihn auf dem Flur ab.

„Da isser."

Er präsentierte stolz wie ein Angler seinen gestrigen Fang. Allerdings sah Fidel wie ein Fisch aus, der zu lange vor dem Abwasserrohr eines Chemiewerks herumgeschwommen war.

„Er war noch nicht weg. Die haben ihn unten vergessen."

„Gut."

Das sah Fidel anders.

„Was wollt ihr überhaupt von mir? Und wieso seid ihr Penner zu zweit? Laufen hier etwa noch mehr Penner von eurer Sorte rum?"

Doesburg sorgte für so etwas wie eine Tischordnung und versuchte, das Heft in die Hand zu nehmen.

„Herr Krawczyk, …"

„Woher wisst ihr Schweine überhaupt meinen Namen? Bestimmt wieder so eine beschissene Rasterfahndung von diesem Otto …"

„Nein, Herr Wiechmann war so frei. Außerdem sind uns Ihre Fingerabdrücke bekannt. Von 1996 her."

„Na und?"

„Wir haben einen Fingerabdruck von Ihnen in einer dieser Zündvorrichtungen gefunden, die für die Autohausanschläge verwendet wurden."

„Na und?"

„Dabei gab es vier Tote."

„Was hab ich damit zu tun?"

„Alles, wenn Sie die Bomben gebaut haben."

„Hab ich aber nicht. Kann ich jetzt gehen?"

„Nein. Wie kommt Ihr Fingerabdruck in die Zündvorrichtung?"

„Keine Ahnung."

„Sie haben die Zünder gebaut. 1996 und jetzt wieder."

„Und wenn ich nicht gewusst habe, wozu die Dinger verwendet wurden?"

„Dann sieht es natürlich anders aus."

Krawczyk lehnte sich zufrieden zurück.

„Genau. So war es nämlich. Kann ich jetzt gehen? Ich muss noch Plakate kleben."

„Für wen?"

„Für die DPU natürlich."

„Schön. Nein, sie können nicht gehen. Also, Sie haben die Bomben gebastelt?"

„Ja, na und? Was ist schon dabei? Kinderkram."

„Für wen?"

Guido machte eine wegwerfende Geste.

„Homann."

„Gerald Homann?"

„Ja. Und? Homann ist in Ordnung. Homann könnt ihr nicht an die Karre pissen. Homann hat Kohle ohne Ende und Homann hat Konnektschens bis ganz nach oben."

„Woher hat Homann die Kohle?"
„Der is Millionär. Der hat sogar einen Bullen von der Mordkommission auf seiner Peihroll."
„Wo drauf?"
„Auf der Peihroll. Soll ich euch das noch buchstabieren? Kann ich jetzt gehen?"

15

Doesburg hatte am Nachmittag das MEK mobilisieren können, obwohl im Fernsehen gerade „Richterin Barbara Salesch" lief.

Mürrisch hatten sich acht wilde Kämpen in voller Montur mit Skimützen, Helmen, Schilden, Waffen und Comics bewaffnet und ihren Bus erklommen. Doesburg hockte zwischen einem Schwarzeneggerklon, der abwechselnd vor Lachen laut aufbrüllte oder Doesburg mit dem Ellenbogen schmerzhafte blaue Flecken verpasste, und dem Chef der Truppe. Er fühlte sich wie früher im Schulbus, wenn er neben einem aus der Oberstufe sitzen musste.

„Was ist denn überhaupt los?"

Sie mussten sich schreiend verständigen, der rappelnde und dröhnende Polizeibus machte eine normale Unterhaltung unmöglich.

„Der Mann steckt hinter der Brandserie von Autohäusern in Bremerhaven."

„Deswegen so ein Auftrieb? Ich meine, nur wegen eines Brandstifters?"

„Ja. Es hat in dem Zusammenhang Tote gegeben."

„Na gut. Ist der Mann bewaffnet?"

„Das weiß ich nicht."

„Lebt der Mann alleine?"

„So, wie es aussieht, ja. Aber letzte Gewissheit ..."

„ … müssen wir uns selbst verschaffen, ja, ja, das kennen wir schon. Vielen Dank auch für den Tipp. Wie heißt der Typ überhaupt?"

„Gerald Homann, fünfunddreißig, kräftig, blond. Sehr kurze Haare."

„Schade, dann haben wir ja gar nichts zum Festhalten."

Er war immer schon lieber in der Garage gewesen als im Haus, seit seiner Kindheit war das so. Seit er als Zwölfjähriger an seiner ersten Mofa gebastelt hatte.

Erst vor ein paar Jahren hatte er sich eine nagelneue Doppelgarage bauen lassen, die sein Wohnhaus locker in den Schatten stellte. Klimatisiert, mit allen möglichen Gerätschaften und Werkzeug, sogar mit einer kleinen Bar und einem Fernseher. Hier hielt er sich ganze Tage und Abende auf.

Natürlich stellte er hier nicht seinen Alltags-Panzer ab. Der war zwar auch vom Feinsten, V8 oder V12, drei- bis vierhundert absurde PS, was spielte das heute noch für eine Rolle, Elektronik für jeden noch so kleinen Handgriff, der Hersteller traute seinen Kunden schon nicht mal mehr zu, den Kofferraum eigenhändig zu schließen, ganz wie bei einem Behindertenmobil, Luxus, Holz und Leder ohne Ende. Die künstlich erzeugten Wohlgerüche stanken im Innenraum so heftig kreuz und quer gegeneinander an, dass man demnächst gegen Aufpreis frische Außenluft liefern müsste.

Wenn man demnächst überhaupt noch etwas liefern dürfte. Diese saublöden Bürokraten in Brüssel mit

Dienstwagen und Chauffeur wollten es ihm und seinen Kollegen in Zukunft verbieten, Autos so zu verkaufen wie in den letzten 50 Jahren. Einfach so, nur, weil Autos in den Mitgliedsländern unterschiedlich teuer waren.

Ja, verdammt noch mal, woran lag das denn, ihr verdammten Idioten? Er hätte ihnen die Antwort gerne täglich aus fünf Zentimetern Entfernung ins Trommelfell gebrüllt: An eurer totalen Unfähigkeit, die Steuern zu harmonisieren. Das war der einzige Grund. Und warum mussten er und seine Kollegen dafür büßen? Weil diese sesselfurzenden Schwachmaten in ihren klimatisierten Luxusbüros mit Rentenberechtigung ab dem Säuglingsalter nichts Vernünftiges zustande brachten außer sich an der Cocktailfront einen Leberschaden anzusaufen. Weil sich keiner an die Steuern ran traute! Weil man sich nur an ein paar kleine Mittelständler ran traute, die sich sowieso nicht wehren würden!

Nicht mit ihm, er hatte die Zeichen der Zeit erkannt und Gegenmaßnahmen getroffen. Er würde zukünftig noch Autos liefern, und zwar mehr denn je.

Natürlich nicht solche Autos, wie er sie hier unten hortete. Hier unten standen wirkliche Schätze. Ein Mercedes 540K, ein 290. Das allein war schon etwas Besonderes, aber ohne die verbrieften Vorbesitzer hätte er nicht zugeschlagen. Der 290 war 1936 auf die Reichskanzlei in Berlin und der 540 im Jahre 1938 auf eine Eva Braun in München zugelassen worden. Na gut, ob das wirklich stimmte, wusste er nicht. Es wurden so viele Autos mit einer angeblichen Zulassung auf Nazi-Größen verkauft, dass die jeden Tag zwei neue Autos hätten fahren müssen. Egal, ihm kam es auf den Symbolwert an.

Natürlich bewegte er seine Kostbarkeiten nie. Ihm genügte der Platz hinter dem Steuer, hier, in seiner gemütlichen, klimatisierten, perfekt geschützten Garage. Dann lauschte er ganz tief in die Seele seiner Lieblinge hinein. Manchmal prasselte der waagerechte norddeutsche Regen gegen das Garagentor und verstärkte sein Gefühl der Geborgenheit, der Sicherheit, der Ruhe. Das war für ihn der schönste Augenblick. Dann konnte er in Ruhe seine Pläne schmieden.

Er hatte genau wie die Vorbesitzer seiner Schätze genau erkannt, dass sich die so genannte parlamentarische Demokratie allenfalls für die kurzen Interimsphasen eignete, die das deutsche Volk brauchte, um gegenüber dem feindlichen Ausland Kehle zu zeigen und sich wieder aufzurappeln. Das war nach 1918 genauso wie nach 1945. Die erste Phase hatte 15 Jahre gedauert, die zweite nun schon gute 50 Jahre. Das war mehr als genug und die Bevölkerung sah das mittlerweile auch ein. Jetzt, 12 Jahre nach Überwindung der deutschen Teilung, die jede echte nationale Bewegung im Keim verhinderte, war die Zeit endlich reif.

Er hatte lange überlegt, wie er seine Überzeugungen umsetzen sollte. Die NPD als traditionelle rechte Kraft war ihm viel zu verknöchert. Andere Versuche wie Republikaner und DVU waren an der Eitelkeit und der Dummheit ihrer Führer gescheitert. Und dieser Schill, der kam ihm vor wie ein Einzelkind, das nie bei den anderen mitspielen durfte und es jetzt allen heimzahlte, einschließlich sich selbst.

Also selber machen. Eine neue Partei gründen, beziehungsweise gründen lassen. Die DPU. Wolfgang Wiechmann war ein guter Strohmann, der ihn niemals hintergehen würde, weil er an seinem Geldtropf hing. Außerdem hätte es jederzeit genügt, eine Vorstrafenliste an die geifernden Redaktionen der staatlich kontrollierten Linkspresse zu faxen.

Aktive Mitläufer fanden sich massenweise. Zum Beispiel Ralf Böhmermann, ein gescheiterter Provinzanwalt, zum Beispiel Alexander Laskau, ein Panzerknacker, dem alles egal war, solange er kostenlos den Puff besuchen konnte und auf Parteikosten einen Jaguar fahren durfte, zum Beispiel die alkohol- und abenteuersüchtige Kinderbande aus Grünhöfe.

Er war erstaunt, wie leicht es war, die neue rechte Partei trotz starken Gegenwinds in den Medien zu ersten Erfolgen zu führen. Der Zulauf war erstaunlich. Klare Parolen und deutlich ausgesprochene Wahrheiten stießen mitten in ein großes Vakuum.

Es klopfte an das Tor.

Er hatte keine Lust.

Es klopfte wieder. Diesmal lauter und beharrlicher.

„Ja, verdammt."

„Telefongespräch. Wichtiges Telefongespräch."

Er öffnete resigniert das Tor.

„Verdammt, Sie sollen mich doch nicht stören. Wie oft habe ich Ihnen das schon gesagt!"

Er erwartete keine Antwort von der dämlichen Putzfrauen-Schlampe.

„Wer ist denn dran?"

„Böhmermann."

Bei der klang das wie Beeemermahn.

„Verdammt."

Er würde sich demnächst unbedingt einen Anschluss in die Garage legen lassen.

„Ja, Jan, was ist los?"

„Die Bullen haben sich Guido und Wolfgang geschnappt. Hinter dir sind sie auch schon her."

„Scheiße!"

„Das kannst du laut sagen."

„Weswegen?"

„Keine Ahnung. Hör zu, ich wollte dich nur warnen. Du musst sofort verschwinden. Ich kann nämlich nichts mehr für dich tun."

Blödes Arschloch! Erst förderte man die Blutsauger nach Kräften, und wenn es eng wurde, stoben die Ratten in ihre Löcher. Es war doch immer das Gleiche, wahre Freunde musste man sich immer wieder neu kaufen.

Er überlegte fieberhaft die nächsten Schritte. Verschwinden. Erst mal. Ihm konnten sie nur dann etwas anhaben, wenn Wiechmann auspacken würde, aber Wiechmann würde nicht auspacken. Guido konnte ihm nicht ernsthaft gefährlich werden, niemand würde Guido ernst nehmen. Guido war ein durchgeknallter Spinner.

„Frau Stepanovic, ich muss ein paar Tage verreisen. Packen Sie mir alles zusammen. Aber dalli! Ich habs eilig!"

Er bekam keine Antwort. Wahrscheinlich war die Schlampe in der Küche beim Feudeln.

„Frau Stepanovic! Wo sind Sie denn? Haben Sie gehört, was ich gesagt habe? Verflucht noch mal!!"

Er machte einen Satz die Treppe runter und erstarrte.

Der Carl-Vinnen-Weg war genauso ausgestorben wie am Dienstag. Es regnete und die Wolken hingen tief über den Bäumen.

Das Haus von Homann sah aus der Ferne unbewohnt aus. Doesburg konnte kaum glauben, dass es gerade zwei Tage her war, als Homann ihn so unhöflich an der Tür abgefertigt hatte. Das würde heute anders werden.

Der Einsatzleiter hatte den klapprigen Bus einige hundert Meter vor dem Haus anhalten lassen und seine maulenden Leute durch den Regen getrieben.

Ein verirrter Opa, dessen Hund unter Inkontinenz litt, erschrak bis ins Mark, als er die Schlägertruppe mitten auf dem Weg auf sich zu marschieren sah. Er schleifte seinen jaulenden Köter hinter einen Steinwall in Deckung. Er hatte das alles schon einmal erlebt.

Vor Homanns Haus übernahm der Einsatzleiter das Kommando.

„Umstellen."

Seine Truppe schwärmte aus.

„Alle auf Position?"

Aus dem Funkgerät krächzte es fünfmal.

„Auf drei."

Der Einsatzleiter zählte flüssig bis drei und polterte dann gegen die Haustür.

„Hallo! Polizei! Machen Sie auf! Ist jemand da drin?"

„Hallo! Hier spricht die Polizei!"

Der Einsatzleiter sah fragend zu Doesburg.

„Wir gehen rein."

Mit einem einzigen Rammstoß flog die Tür auf.

„Polizei! Hände hoch. Legen Sie sich auf den Boden!"

Doesburg folgte der Sturmtruppe in sicherem Abstand.

„Was riecht hier so komisch?"

„Als ob noch was auf dem Herd steht."
„Das kommt von oben."
Die Rambos waren noch damit beschäftigt, das Erdgeschoß zu ruinieren, also sprang Doesburg kurz entschlossen mit ein paar großen Schritten die schmale Stiege hoch.

Er sah die Wirklichkeit nur noch als Blitzlichtgewitter. Helles Eichenholz, cremefarbene Wände, brauner Boden, bunte Gardinen, eine verstörte Katze. Dazu ein Gestank zum Kotzen, wie ein Hund im Backofen. Er riss nacheinander alle Türen auf und zielte mit seiner Pistole blind hinein, wohl wissend, dass ein Gegner immer im Vorteil wäre. Aber wer längere Zeit diesem Gestank ausgesetzt war, büßte jeden Vorteil ein.

Das nächste Zimmer war das Schlafzimmer. Doesburg musste dreimal hinsehen, bis er etwas erkannte. Es war noch voller Rauchschwaden und es roch nach Verwesung, Feuer und Tod. Erst sah er nur einen schwarzen Fleck anstelle der Bettdecke, dann ein schwarzes Bündel, das mitten in dem schwarzen Fleck lag, dann erst erkannte er, dass das Bündel die Überreste eines Menschen waren. Da, wo der Kopf sein musste, war nur noch eine glänzende schwarze Kugel.

Seine Augen krallten sich an Nebensächlichkeiten fest. Die blauen Stricke, mit denen das Opfer an die Bettpfosten gefesselt war, die Tennissocken an den Füßen, die eigenartigerweise nichts abbekommen hatten, die geblümte Überdecke des Bettes, die in der Mitte jetzt ein riesiges Brandloch aufwies, das grüne Telefon auf dem Nachttisch, das unablässig schnarrte. Doesburg nahm es vorsichtig mit einem Taschentuch ab.

„Ja?"

Er bekam keine Antwort und sagte in seinem Schock das Blödeste.

„Hören Sie, hier spricht die Polizei. Wer sind Sie, bitte?"

Die Leitung war noch in derselben Sekunde tot. Vielleicht war der Anrufer ebenso entsetzt über Doesburgs Stimme gewesen wie er selber. Die Vorwahl auf dem Display kam ihm bekannt vor, aber er konnte sie nicht einordnen. Er stolperte die Treppe zurück ins Erdgeschoß.

„Da geht keiner hoch."

Der Einsatzleiter wollte gerade über diese Kompetenzanmaßung losmeckern, beruhigte sich aber sofort wieder, als er Doesburgs Gesichtsausdruck sah.

„War hier noch jemand?"

„Nein."

„Eine Frau? Eine Haushälterin?"

„Nein, hier ist niemand."

Doesburg rannte noch einmal mit zugehaltener Nase durch das ganze Haus, diesmal auf der Suche nach dem Zimmer der Haushälterin, fand aber nichts. Vielleicht nur eine Aushilfe für den Tag, notierte er in Gedanken.

Es dauerte eine ewig lange Viertelstunde, bis der Notarzt mit dem Rettungswagen kam. Man hatte ihnen einen Toten gemeldet, deswegen beeilten sie sich nicht besonders. Die Sanitäter übergaben sich beide. Dann aber brach Hektik aus.

„Der lebt ja noch."

16

Es war nach neun Uhr am Abend, als Doesburg sich noch einmal den Revolutionär vornahm, der ihn verwirrt anstierte. Guido war der lange Entzug gar nicht gut bekommen. Er schwitzte und zitterte.

„Wann kann ich endlich hier raus? Ich muss noch …"

„Ja, ja, ich weiß, Sie müssen noch Plakate kleben. Daraus wird nichts mehr."

„Wieso das denn nicht?"

„Weil der Chef der DPU in der Nachbarzelle sitzt."

Guido war verblüfft.

„Der Wolfgang? Aber das können Sie nicht machen! Der Wolfgang ist ein Supertyp. Wenn der Gerald spitzbekommt, dass ihr seinen Freund Wolfgang hopsgenommen habt, dann könnt ihr euch aus was gefasst machen."

Guido lehnte sich befriedigt zurück.

„Ihr seid ganz schön bescheuert, euch mit uns anzulegen."

„Ich habe ja so meine Zweifel, dass der Herr Homann Ihnen noch helfen kann."

„Abwarten."

„Herr Homann wurde heute Nachmittag gegrillt."

Dem Revolutionär quollen vor Schreck fast die Pickel aus dem Gesicht.

„Was? Wieso? Ist Gerald tot?"

„Noch nicht ganz. Er ist auf sein Bett gefesselt worden, wurde dann mit Benzin überschüttet und bei lebendigem

Leib geröstet. Es scheint, als habe es den Tätern so richtig Spaß gemacht."

„Verdammte Scheiße."

Guido sah Doesburg mit Riesenaugen an.

„Ihr müsst mir sofort Polizeischutz geben."

„Warum das denn?"

„Weil die das auch mit mir machen."

„Wer?"

„Diese Scheiß Jugos. Sie müssen mir helfen!"

„Das müssen sie uns schon genauer erklären."

Guido bemerkte die Zwickmühle und versuchte, nichts zu sagen, aber die Angst gewann den Sprint durch die letzten Gehirnzellen.

„Das ist bestimmt wegen der Sache von damals. In Blumenthal."

„Waren Sie das?"

Er zögerte.

„Nein, ich habe nur die Dinger gebaut. Ich wusste ja gar nicht …"

„Und was hatte Homann damit zu tun?"

„Er hat das alles bezahlt und die Idee gehabt."

„Warum? Warum habt ihr das Lager angezündet und zwei Kinder ermordet?"

„Das liegt doch auf der Hand, Mann. Weil sonst keiner etwas tut. Die Leute müssen aufwachen! Wenn Arafat seine Selbstmordattentäter losschickt, dann ist das doch nichts anderes! Wir verteidigen uns nur! Und in jedem Krieg gibt es Opfer, das ist nun mal so. Was ist jetzt mit dem Polizeischutz?"

„Da können wir in 20 Jahren noch mal drüber reden. Wenn die ersten Ausgänge aus der Haftanstalt anstehen."

„Herr Wiechmann, wir haben heute Nachmittag Ihren Freund Homann verhaftet."

„Kenn ich nicht."

„Herr Wiechmann, wissen Sie, was eine Kronzeugenregelung ist?"

„Ich bin ja nicht blöd."

„Dann wissen Sie auch, dass es in jedem Strafverfahren nur einen Kronzeugen geben kann. Wer zuerst kommt, mahlt zuerst."

Man konnte von außen sehen, wie Wiechmann sein Gehirn von rechts nach links drehte und wendete.

„Ja, und?"

„Sie müssen wissen, dass ich Herrn Homann das gleiche Angebot machen werde. Und, ehrlich gesagt, Herr Homann gefällt mir sehr viel besser als Kronzeuge."

„Wieso das denn?"

„Weil Herr Homann nie wieder Straftaten begehen wird. Dazu ist er rein körperlich nicht mehr in der Lage."

Wiechmann fiel aus allen Wolken.

„Wieso das denn?"

Das Telefon verschaffte dem sichtlich geschockten Wiechmann etwas Zeit zum Überlegen.

„Doesburg."

„Hellenbroich, Kripo Krefeld. Sie hatten hier angerufen, wegen dieser Frau, äh …"

„Gnauser, ja, richtig. Haben Sie die mittlerweile gefunden?"

„Nein, leider, aber hier ist die Hölle los."

Doesburg hatte instinktiv Mitleid.

„Viel zu tun?"

„Sie glauben es ja nicht. Wir vermissen zwei Kollegen."

„Zwei? Das ist ja kaum zu glauben. Besteht da ein Zusammenhang?"

„Eigentlich nicht. Die haben nichts miteinander zu tun. Keine gemeinsamen Fälle, die kannten sich kaum."

Hellenbroich räusperte sich.

„Also, wenn ich ehrlich bin, es ist etwas komplizierter. Bei dem einen gibt es familiäre Probleme. Seine Frau hat ihn gerade verlassen. Und, also, der andere Kollege, der ist, wie soll ich das sagen, ..."

„Ist sein Nachfolger?"

„Ja, so kann man sagen. Ich vermute mal fast, dass das eine Rolle spielt."

„Trotzdem wäre es wichtig, wenn in unserem Fall ..."

„Ja, sicher, ich will mal sehen, was ich tun kann. Worum geht es denn eigentlich?"

Doesburg erklärte, dass Frau Gnauser in einen Bremerhavener Mordfall verwickelt sei. Und nun habe sie ausgerechnet bei einem der Hauptverdächtigen angerufen. Dies werfe natürlich Fragen auf, die eine unverzügliche Vernehmung erforderlich machten.

Hellenbroich versprach, zwei Kollegen der Schutzpolizei loszuschicken.

„Wissen Sie, wir halten das im Moment noch vertraulich. Im Moment wissen nur die von der Kripo Bescheid. Die Jungs von der Streife können das übernehmen."

Doesburg erklärte sich widerstrebend einverstanden. Hoffentlich waren die Kollegen da unten besser als in Bremerhaven, aber im Grunde seines Herzens bezweifelte er es. Die Polizei zog nun mal nicht immer die besten eines Jahrgangs an.

„So, Herr Wiechmann, haben Sie sich die Sache überlegt?"
„Ja, aber ich will das schriftlich."
„Was?"
„Das mit der Kronzeugenregelung."
„In Ordnung, aber erst hinterher. Das ist wie mit Rechtsschutz bei Abschiebung."
Wiechmann bewies genügende Schläue, um den Punkt nicht weiterzuverfolgen.
„Dann erzählen Sie mal. Woher kennen Sie Herrn Homann?"
„Werde ich wirklich nicht bestraft? Für nichts?"
„Was habe ich Ihnen gesagt? Muss ich jetzt alles …"
„Ja, schon gut. Ich habe früher mal bei ihm eingebrochen. Er hat mich erwischt und nicht angezeigt."
„Und hatte Sie damit in der Hand. Wann war das?"
„Mitte der Neunziger."
„Vor Sechsundneunzig oder nach Sechsundneunzig?"
„Warum?"
„Vor Sechsundneunzig oder nach Sechsundneunzig?"
„Vorher."
„Was wollte Herr Homann von Ihnen?"
„Alles Mögliche. Ich hab den Strohmann für ihn gemacht. Bei der United Security Bremerhaven, bei der DPU und so weiter."
„Wann wurde die DPU gegründet?"
„Vor einem Jahr."
„Aber Herr Homann war vorher schon ein Rechter?"
„Klar."

„Waren sie bei dem Asylbewerberheim damals schon dabei?"

„Bei welchem?"

Doesburg zuckte zusammen.

„Wie viele haben Sie denn angezündet?"

„Nicht genug."

„Wie viele?"

„Weiß ich nicht genau. Sieben oder acht."

„Wo?"

„In Deutschland."

„Wo in Deutschland?"

„Überall."

„Und in Blumenthal? Wie waren da die Rollen verteilt?"

Wiechmann seufzte tief.

„Mann, das ist doch alles Schnee von vorgestern. Homann hatte damals diesen Guido kennen gelernt. Guido hat so eine komische rechte Gruppierung gebastelt."

„Das Bremerhavener Komitee gegen Rassenvermischung, Faschismusunterdrückung und Feindbildfreiheit."

„Ja, so was in der Art. Keine Ahnung, was er damit meinte, Guido hat sie nicht alle. Aber Guido kann ganz gut Bomben bauen."

„Und die habt ihr an den beiden kleinen Kindern ausprobiert?"

„Das mit den Kindern wollten wir nicht. Ehrlich, das war ein Unfall, weiter nichts."

„Was wolltet ihr dann?"

„Kann ich 'ne Zigarette haben?"

„Nein. Und Homann hat Guido Asyl gewährt?"

„Ja, im Dachgeschoß von seinem Haus in der Stadt."

„Und Guido hat die Bomben dazu gebastelt, wer immer gerade welche brauchte. Und Laskau?"
„Der hat für Homann seine Autokacke erledigt."
„Was für eine Autokacke?"
„Homann wollte unbedingt die Nummer eins in Bremerhaven werden. Der hat irgendwas von Pleitewelle gelabert und dass er auf seinem Grundstück und dem von seinen Nachbarn ein Riesenzentrum bauen wollte. Keine Ahnung."
„Das bringt uns zu dem Nachbarn, dem Autohaus Gnauser. Bei der Sache gab es vier Tote. Was wissen Sie darüber?"
„Nichts, Ehrenwort. Homann war selber von den Socken. Das sollte wie immer ablaufen. Erst haben meine Jungs Radios geklaut, dann hätte Laskau die Bude in die Luft jagen sollen."
„War der Inhaber eingeweiht?"
„Das waren die immer. Die sollten ja die Feuerversicherung kassieren, dafür überließen die Homann ihre Händlerverträge."
„Alle?"
„Soweit ich weiß. Macht ja sonst auch keinen Sinn, oder?"
Doesburg stand auf.
„Ich glaube Ihnen kein Wort. Wissen Sie, dass die Kronzeugenregelung nur greift, wenn Sie vorbehaltlos alles sagen? Wenn Sie auch nur ein Detail verschweigen und wir das hinterher rauskriegen, dann sind Sie geliefert."
„Ich habe nichts …"
„Ok, dann beenden wir das an dieser Stelle."
„Nein, bitte! Wie kommen Sie denn darauf, dass …"

„Wir haben eine Zeugin, die den letzten Kunden von Sebastian Gnauser gut beschrieben hat. Das waren Sie. Oder legen Sie gesteigerten Wert auf eine Gegenüberstellung? Außerdem war der Betrieb von Gnauser nicht feuerversichert. Passt also nicht ins Schema."

„Scheiße. Nein. Aber ..."

Wiechmann sackte in sich zusammen.

„Also, raus mit der Sprache."

Wiechmann wand sich wie ein Aal in der Suppe.

„Haut das wirklich hin mit der Kronzeugenregelung? Ich lass mich nämlich von einem Bullen nicht verarschen!"

Doesburg lächelte mild.

„Denken Sie einfach an das, was ich Ihnen gesagt habe. Und zur Klarstellung: Sie müssen gar nichts sagen. Dann frage ich eben ihren Freund Homann, der hat vermutlich jetzt eine andere Motivation, reinen Tisch zu machen. Denke ich mal."

„Na gut, aber nur, wenn ich hinterher aus dem Schneider bin."

Doesburg setzte sich wieder und schwieg, bis Wiechmann es nicht mehr aushielt.

„Mann, kapieren Sie denn gar nichts? Das war Homann! Der war am Ziel, die Konkurrenz platt, er war kurz davor, die Verträge und das Gelände von Gnauser zu bekommen, verdammt noch mal, der konnte keine Mitwisser gebrauchen. Jedenfalls nicht auf dem Niveau. Weder Laskau noch diese Idioten aus Grünhöfe. Ich sollte die alle platt machen. Sollte so aussehen wie 'n Unfall. Hat ja auch geklappt."

„Aber zuerst haben Sie Gnauser umgebracht? Wo und wie?"

„Der wollte mir unbedingt diese Scheißkarre verkaufen, in schwuchtelrosa, als wie wenn ich so ein beschissener Friseur wäre. Nix da. Wir sind zum Sellstedter See gefahren, da habe ich ihm eins auf die Mütze gegeben. Dann habe ich mich mit Homann getroffen und später haben wir den Idioten zu sich nach Hause gebracht und Baden gelegt. Homann meinte, das sollte wie 'n Selbstmord aussehen. Der hatte auch schon den Abschiedsbrief vorbereitet. Der Homann wollte, dass alle denken, der Gnauser hätte die Autobunden alle angezündet."

Wiechmann blinzelte aus seinen kleinen Äuglein schlau nach oben.

„Da sehen Sie, ich kann nix dafür, das war alles Homann sein Plan."

„Und später dann, am Abend? Im Betrieb von Herrn Gnauser?"

„Homann hat gesagt, ich soll drinnen warten, bis Alex kommt."

„Herr Laskau?"

„Ja, der sollte ja wie immer die Gasbombe vorbereiten. Ja, und dann habe ich den dann da erschossen. Als er fertig war. Wie Homann gesagt hat."

Er räusperte sich.

„War im Grund auch ganz praktisch, brauchte man nichts verstecken oder so."

„Und die beiden Kinder?"

„Was für Kinder?"

„Die im Golf."

„Das waren doch keine Kinder. Was wissen Sie denn schon."

„Denen haben Sie auch aufgelauert, sie umgebracht und sie dann in ihrem Auto festgegurtet, oder?"

„Wenn Sie eh schon alles wissen, kann ich ja jetzt nach Hause gehen."

„Nicht ganz. Eins würde mich noch interessieren: Haben Sie eine Ahnung, wer Herrn Homann so zugerichtet hat?"

Wiechmanns Antwort kam wie aus der Pistole geschossen.

„Da kommen viele in Frage. In dem Milieu tummeln sich nun mal nicht nur Waisenknaben."

Wiechmann grinste blöde vor sich hin. Doesburg sah ihn aufmerksam an.

„Herr Krawczyk meint, das wäre ein Racheakt für die toten Kinder von Blumenthal."

Wiechmann machte eine wegwerfende Handbewegung.

„Ach was, nach so vielen Jahren. Der Guido war immer schon bescheuert, oder wie das auf hochdeutsch heißt. Die Karnickel da unten haben doch bestimmt schon haufenweise neue Kinder gemacht. Da sind die gut drin."

Er sah auf.

„So. Jetzt will ich aber nach Hause. Mehr gibt es nicht."

„Eins noch. Wo hatte Homann das ganze Geld für seine Projekte her?"

„Mann, bin ich Jesus? Keine Ahnung. Das war nicht der Typ, der mir seine Kontoauszüge gezeigt hat. Oh Mann, wo leben Sie eigentlich?"

„Vielleicht von Böhmermann?"

„Ach was, der hat sich doch bei Gerold nur durchgeschnorrt. Der hat doch von nichts eine Ahnung. Ein nützlicher Idiot."

„Genau wie Sie."

„Ich bin kein Idiot, ich habe die Kronzeugenregelung!"

„Zeigen Sie mal her."

„Was … wie … Du verdammtes Arschloch! Ich lass mich doch nicht von so einem beschissenen Bullenschwein reinlegen!"

Der Beruf des Polizisten in Krefeld ist keine Garantie für ein erfülltes Leben.

Verkehrsdelikte mit besonderem Schwerpunkt auf Trunkenheitsfahrten, Streitereien zwischen Besoffenen, Streitereien zwischen Eheleuten, Streitereien zwischen besoffenen Eheleuten, all das machte einen großen Teil der Arbeit aus und das konnte man in aller Regel nur mit einem gewissen Alkoholpegel ertragen. Jedenfalls, wenn man nicht mehr ganz jung war und der Ehrgeiz sich aus den Hirnwindungen verabschiedet hatte.

Der bisherige Verlauf der Schicht hatte die Kollegen Unger und Trögel noch nicht überstrapaziert.

Ein alter Bauer war mit seinem Trecker beim Bierholen gegen einen Laternenmast gescheppert, besoffen, der Landarzt, dessen Führerschein man schon zum dritten Mal einkassiert hatte, war mit seiner Mofa auf dem Kopfsteinpflaster ausgerutscht und hingeknallt, besoffen natürlich, und eine Schlägerei im Aussiedlerheim. Da war man nicht hingefahren, das kannten Unger und Trögel bereits zur Genüge, die Aussiedler beruhigten sich ebenso schnell, wie sie sich aufregten, und waren hinterher stumm wie geplatzte Kugelfische. Das Rote Kreuz machte das schon ganz prima.

So gewann man auch etwas mehr Spielraum für den Pflichtbesuch im Tonkrug, der Stammkneipe des Polizeikorps von Krefeld, weshalb sie der Funkspruch der Zentrale jetzt auch in etwas angetüdeltem Zustand erreichte.

Amtshilfe für die Kollegen aus Bremerhaven, eine Tussi vorläufig festnehmen, alles Weitere würde dann auf dem Revier geklärt.

Unger und Trögel ließen sich Zeit. Mit jeder Minute stieg die Chance, dass sich ihre Zielperson ins Bett begeben würde. Das würde ihnen die Festnahme und das Protokoll ersparen. Ab zehn war die Nachtschicht am Zug. Das Protokoll war das Schlimmste, mit der Schreibmaschine und dem, was ihre Vorgesetzten unverfroren Hochdeutsch nannten, hatten sie es beide nicht so.

„Da isses."
„Alles dunkel."
„Seh ich auch."
„Gehst du raus?"
„Wozu?"
„Klingeln."
„Wozu? Ist doch alles dunkel."
„Trotzdem."
„Dann mach du das. Mir ist kalt."

Die Klingel war von der vornehmen, geräuschlosen Sorte. Nichts rührte sich in dem dunklen Haus. Trögel sprang durch den leichten Nieselregen zurück hinter das Steuer des Dienstwagens.

„Und nun?"
„Gibt's hier 'ne Kneipe?"
„Klar."
„Dann los."
„Warte mal."

In Unger regte sich so etwas wie Arbeitsmoral.

„Ich sag der Zentrale Bescheid."

„Oh, Mann."

Unger war noch nicht ganz so abgebrüht wie sein dienstälterer Kollege. Die Zentrale wusste jedoch überhaupt nicht Bescheid.

„Wo seid ihr?"

„In Bockum, verdammt noch mal. Du hast uns doch hierher geschickt."

„Nö. Das war der Harald."

„Is doch egal. Jedenfalls sind wir jetzt hier und der macht die Tür nich auf."

„Ja, dann …"

„Danke. Du bist, wie immer, eine große Hilfe. Over and out."

„Leck mich."

Jetzt war der kleine Rest von Ungers beruflichem Ehrgeiz wachgerüttelt. Vielleicht würde es ja nach 15 Jahren doch noch etwas mit dem Hauptwachtmeister.

„Ich seh mal nach, ob ein Auto in der Garage steht."

„Mach aber schnell, ich hab Durst."

Die Garage war leer. Unger nahm dies als Einladung, den Garten zu durchqueren und die Terrasse in Augenschein zu nehmen. Die Terrassentür stand offen.

„Hallo, ist hier jemand?"

Unger zog seine Waffe.

„Polizei!"

Aus Antwort erntete Unger ein nur unterdrücktes Stöhnen.

In Bremerhaven war ein neuer Morgen angebrochen, es regnete und war kalt. Doesburg kam spät ins Büro, sein Auto hatte am Morgen endgültig den Geist aufgegeben, mitten auf einer Einfallstrasse nach Bremerhaven war das rythmische Klopfen jähem Schweigen gewichen. Es war, als hätte bei einem sehr alten Menschen der Herzschrittmacher ausgesetzt. Jeder wusste, dass es bald geschehen würde, es war unweigerlich, aber dennoch stockte der Atem, wenn es tatsächlich so weit war.

Auch wenn ihn mit seinem Auto viel Ärger verband, so fuhr er es doch eine lange Zeit, fast fünfzehn Jahre waren es, und er fühlte sich einen Moment so, als habe er eine entfernte, ungeliebte Verwandte verloren. Weit entfernt, aber immerhin eine Verwandte.

Es blieb ihm nicht viel Zeit zur Meditation, er stand im Berufsverkehr auf einer Haupteinfallstraße, die zu allem Überfluss auch noch zum Sozialamt führte, also sehr befahren war. Er wurde ungehemmt angehupt und meinte, in jedem Auto Henning von Trottau zu entdecken, mit einem „Ich habe es ja gewusst" auf den hämisch gespitzten Lippen. Irgendwann erlöste ihn der ADAC. Der Fahrer fragte nicht einmal, was mit seinem Auto geschehen sollte.

„Brauchst du einen Entsorgungsnachweis?"

In dieser Fahrzeugklasse wurde man wohl automatisch geduzt. Doesburg wusste das mit dem Entsorgungsnachweis nicht und sagte nein. Also würde es eine anonyme Bestattung werden. Er ging den Rest des Weges zum Büro zu Fuß, es war nicht sehr weit. Eilers wartete schon auf ihn.

„Du sollst einen Kollegen in Krefeld zurückrufen. Der klang irgendwie komisch am Telefon."

„Ja, Hallo, Josten, Kripo Krefeld, Wir hatten ja schon mal das Vergnügen miteinander. Hallo."

Doesburg hielt den Hörer auf Abstand.

„Richtig. Sie waren ja damals schon bei Frau Gnauser. Beim ersten Mal. Wie steht es denn? Haben Sie Frau Gnauser aufgespürt?"

„Ja, also, nein, ich war, äh, verhindert."

„Was ist denn nun mit der Frau Gnauser?"

„Die ist, äh, weg."

„Wie, weg?"

„Die hat sich vom Acker gemacht."

„Wie?"

„Im Auto."

„Marke, Farbe, Typ?"

„Äh, ein Opel Calibra, gelb. Mit Turbo. Geiler Schlitten."

„Kennzeichen?"

„Ja. Äh. Meins."

„Wie bitte!?"

„Also, ja, das ist jetzt eine längere Geschichte, äh, haben Sie etwas Zeit? Ich muss, also mein Chef hat gesagt, ich muss Ihnen das jetzt persönlich beichten, hat er gesagt."

„Es ist nicht zu fassen. Ich schicke einen Kollegen zu Frau Gnauser, der lässt sich von ihr in Minutenschnelle um den Finger und anschließend auf die Streckbank wickeln, anschließend findet ihn ausgerechnet der Kollege dort, der ihm vor Kurzem die Frau ausgespannt hat, dann lassen sich beide von Frau Gnauser einsperren, und die beiden kloppen sich stundenlang. Unterdessen haut die Frau mit dem Auto des einen ab. Das darf man keinem erzählen."

Eilers staunte Bauklötze.

„Wahnsinn. Wo war das?"

„Krefeld."

„Boh. Sollte ich mich hin versetzen lassen, da ist wenigstens was los."

„Tu dir keinen Zwang an."

„Und was ist mit der Frau Gnauser?"

„Weg. Keine Spur. Fahndung läuft, aber eher nach dem Wagen als nach ihr. Der scheint an seinem Auto zu hängen."

„Bestimmt ein Ford."

Eilers Stimme klang verständnisvoll.

„Da bin ich mir sicher."

Falko Götz, Justitiar der Best Treuhand Versicherungs Compagnie, war sich hingegen seiner Sache keineswegs sicher. Seinen alten Kumpel Schönfelder in Krefeld konnte er nicht erreichen, weder auf der Dienststelle noch zu Hause. Er sei auf unbestimmte Zeit beurlaubt, das verhieß nichts Gutes. Zu Hause nahm niemand ab, aber er wusste, dass Schönfelder mehr oder weniger alleine lebte. Irgendwas von einer neuen Freundin hatte er letzthin gefastelt, die er einem Kollegen ausgespannt hätte, aber an der Stelle hatte Götz nicht zugehört. Und dabei hätte er ihn dringend gebraucht, dringender denn je.

Ihm saß nicht nur die Antragstellerin gegenüber, eine, wie er zugeben musste, sehr attraktive Frau, sondern auch – und das machte die Lage wesentlich verzwickter – deren Anwalt. Ein Provinzanwalt zwar, aber immerhin ein Anwalt, der sich lautstark zu Wort meldete und haarklein den Anspruch seiner Mandantin auf immerhin 5 Millionen Euro, zahlbar jetzt und sofort, herleitete.

„Und deshalb verlassen wir ihr schönes Haus auch erst wieder, wenn wir einen Scheck über diese Summe in den Händen halten, wobei ich nicht hinzufügen muss, dass der Scheck von der Landeszentralbank bestätigt sein muss. Sicher ist sicher."

Er sah Beifall heischend auf seine Klientin, die allerdings regungslos verharrte. Eine Weile war es still in dem Raum.

Götz ergriff das Wort, weil niemand etwas sagte.

„Nun ja, wir brauchen noch etwas Zeit, wissen sie, bei Ansprüchen in dieser Höhe, da können wir nicht einfach so ... zum Beispiel brauchen wir einen Abschlußbericht der Polizei."

Der Anwalt gestikulierte wild, so dass sich Götz unwillkürlich wegduckte.

„Nein, den brauchen Sie nicht. Es spielt keine Rolle, ob Mord oder Selbstmord vorliegt. Beides ist von der Police abgedeckt. Und dass meine Klientin einen, nun ja, Mord begangen hat, das wollen sie ja wohl nicht ernsthaft behaupten, oder?"

Der Anwalt sah Götz herausfordernd an. Der wehrte erschrocken ab.

„Nein, natürlich nicht, aber trotzdem – wir wissen doch gar nicht, was überhaupt los ist. Ich meine ..."

Er wurde rüde unterbrochen.

„Sie wissen alles, was Sie wissen müssen. Genug geredet. Wir wollen jetzt das Geld."

Götz wand sich.

„Nun ja, außerdem sind wir uns nicht so ganz sicher, also, unsere erste kursorische Rechtsprüfung hat ergeben, dass die Ansprüche aus derartigen Policen in unserem Hause auch zivilrechtlich, ich sage mal, zumindest nicht ganz zweifelsfrei sind."

„Wieso das denn?"

„Ja, die von uns verwendeten Vertragsbedingungen, ja, die sind schon, ich will mal sagen, einseitig, jedenfalls im Lichte der neuen Rechtsprechung zu diesem Thema, die Sie ja sicher gut kennen."

Der Anwalt beugte sich so weit über den Tisch, wie sein Bauch das zuließ. Es reichte aus, um Götz seinen fauligen Atem riechen zu lassen.

„Sie haben sie ja nicht mehr alle stramm sitzen! Sie meinen, weil Ihre eigenen Scheißbedingungen sittenwidrig sind, brauchen Sie nicht zu zahlen? Mann, bei welcher Tombola haben Sie denn Ihre Papiere gewonnen?"

Götz hob abwehrend beide Hände.

„Ich habe ja nicht gesagt, dass es so ist, ich wollte damit nur zum Ausdruck bringen, dass das alles nicht so klar und eindeutig ist."

Er gab sich einen Ruck.

„Außerdem kann ich so nicht entscheiden, jedenfalls nicht alleine. Solche Summen sind dem Vorstand vorbehalten."

„Warum reden wir dann nicht mit dem Vorstand? Das ist doch reine Zeitverschwendung hier!"

„Also, was ich tun kann, ist, Sie beim Vorstand anzumelden, wenn Sie wollen, Herr Rechtsanwalt, äh, wie war noch der Name?"

„Böhmermann. Worauf warten Sie? Dass Weihnachten und Ostern auf einen Tag fallen? Machen Sie mal Dalli, ich werde nach Erfolg bezahlt und nicht nach platt gesessenen Arschbacken. Ab zum Vorstand. Aber ohne Umweg über die Kaffeeküche."

Götz verzog sich mit hochrotem Kopf. Dieser Arsch! Statt zum Vorstand stürmte er schnurstracks in sein Büro und griff zum Hörer.

„Die Polizei, aber dalli."

Unbewusst hatte er sich schon den Ton Böhmermanns zu Eigen gemacht. Die Best Treuhand würde nie zahlen, unter keinen Umständen, und als solch eine komische Provinzveranstaltung sowieso nicht. Wo käme man denn da hin, dann könnte man das Geschäft ja gleich aufgeben. Versicherungen und zahlen, was für eine naive und bescheuerte Vorstellung.

„Sie werden sehen, meine Liebe, in einer Stunde ist das geregelt und wir sind hier raus. Mit 5 Millionen in cash oder einem Papierchen, was das gleiche wert ist. Und was unsere Honorarvereinbarung angeht, das sollten wir jetzt besser schriftlich machen. Ich hab hier schon mal was vorbereitet."

Böhmermann zog ein Blatt Papier aus seiner speckigen Aktentsche.

„Hier. Da unten rechts müssen Sie unterschreiben."

Frau Gnauser sah ihn gelangweilt an.

„Was für eine Honorarvereinbarung? Zeigen Sie mal her den Wisch."

Böhmermann reichte ihr den Entwurf. Sie warf nur einen kurzen Blick darauf.

„Ist das nicht sittenwidrig, fünfzig Prozent der Summe?"

Böhmermann plusterte sich auf.

„So war das aber abgemacht. Sonst wäre ich gar nicht hierher mitgekommen, sondern hätte wahrhaftig was Besseres zu tun gehabt."

Verschwommen tauchte die Figur von Alraune Elvers vor seinem geistigen Auge auf. Na gut, vielleicht nichts Besseres, aber eine Beschäftigung wäre es in jedem Fall gewesen. Eine intensive und zeitraubende noch dazu.

„Das unterschreibe ich nicht. Sie sind der Anwalt von Gerold. Soll der Sie bezahlen. Das ist mein Geld."

Böhmermanns Gesichtszüge nahmen die Physiognomie eines streitsüchtigen Ebers an.

„Den hat's erwischt. Der kann nicht mal mehr seine Putzfrau bezahlen. Nee, nee, meine Liebe, hier wird fifty fifty geteilt. So war das abgemacht. Schließlich war ich von Anfang an dabei. Ich kann Ihnen echte Probleme bereiten, vergessen Sie das nicht. Nicht nur Ihnen."

„Was für Probleme?"

Doesburg und Eilers waren leise hereingekommen, gefolgt von einem spitzbübisch grinsenden Falko Götz.

Böhmermann gewann die Fassung blitzschnell wieder. Er blökte los.

„Was geht euch Bullen das an?"

Er zeigte mit ausgestreckten Fingern auf Götz.

„Und Sie verpissen sich auf der Stelle. Das hier ist vertraulich."

Doesburg fischte die Honorarvereinbarung vom Tisch.

„Soso, zweieinhalb Millionen Honorar. Nicht schlecht. Wofür?"

Böhmermann schnappte nach Luft.

„Das ist vertraulich. Das dürfen Sie nicht mal vergessen, so vertraulich ist das. Das ist privilegierte und streng vertrauliche Mandantenpost. Und wenn ich das Papier in fünf Sekunden nicht zurückhabe und Sie den Inhalt aus Ihrem Kleinhirn gestrichen haben, zeige ich Sie an."

„Von mir aus kann er das haben."

Frau Gnausers Stimme drang so bestimmt durch den Raum, dass sich alle zu ihr umdrehten.

„Das Dokument gehört mir und ich übergebe es hiermit offiziell der Polizei. Bitte verhaften Sie Herrn Böhmermann. Er hat mich erpresst, um an die Hälfte meines Geldes zu bekommen."

Sie wandte sich Falko Götz zu, als würde sie ihn zum ersten Mal sehen.

„Sind Sie nicht von dieser Versicherung? Kümmern Sie sich bitte unverzüglich um den Vorgang. In spätestens einer Woche will ich mein Geld sehen. Sonst nehme ich mir einen richtigen Anwalt und nicht so einen dämlichen Bauerntrottel."

Böhmermann schnappte nach Luft.

„Die Drecksau! Das ist ja nicht zu fassen. Erst bumst sie den Chef, damit der ihren Ex um die Ecke bringt und sie die Versicherung kassieren können, und dann will sie mir, ausgerechnet mir, eine Erpressung unterschieben. Das ist ja nicht zu fassen!"

Frau Gnausers Stimme klang ungerührt.

„Immer noch besser als den Chef bei lebendigem Leibe mit Benzin zu übergießen, nur weil der nicht auf ihre widerliche Erpressung eingehen wollte. Und alles andere können Sie mir nicht beweisen. Ich will jetzt gehen."

17

Die Wahlen waren endlich gelaufen, die Nazis hatten knapp zehn Prozent und damit mehr Sitze als Kandidaten erreicht, was dazu führte, dass nunmehr blitzartig ein paar echte Penner rekrutiert werden mussten, denen man mit dem Versprechen auf Freibier und geheizte Räumlichkeiten in der Bürgerschaft den ehrenwerten Beruf des Parlamentariers schmackhaft machen konnte. Der Qualität der Arbeit tat dies keinen Abbruch. Wiechmann war durch einen Aktivisten aus Mecklenburg ersetzt worden, der zum ersten Mal in seinem Leben in den Westen rüber machte, sich aber sofort zu Hause fühlte. Auch sein Vorstrafenregister passte gut in die Landschaft.

Böhmermann hatte nichts mit dem Anschlag auf Homann zu tun, Alraune Elvers lieferte ihm für die Tatzeit ein überaus glaubwürdiges Alibi. Niemand interessierte sich für Details, doch Elvers gab alles ungefragt zu Protokoll. Danach hatte Böhmermann sogar manch mitleidigen Blick aus einer Seite. Ansonsten konnte man ihm außer der Kollaboration mit einem Haufen Vollidioten nichts nachweisen, was aber auch in Bremerhaven nicht strafbar war, so dass Böhmermann gehen konnte.

Auch bei Frau Gnauser tat sich die Polizei schwer. Sie bestritt vehement, mit Gerold Homann gemeinsame Sache gemacht zu haben und behauptete, Böhmermann habe sich das alles nur ausgedacht, um sich an ihr zu rächen, weil sie ihn nicht an ihrem zukünftigen Reichtum teilhaben lassen wollte. Dies wog umso schwerer, als

Böhmermann in den späteren Vernehmungen komplett die Aussage verweigerte. Die Freiheitsberaubung der Kollegen in Krefeld und die Unterschlagung des gelben Calibra von Josten taten ihr leid, so sagte sie jedenfalls, aber das allein reichte natürlich nicht für Untersuchungshaft, zumal das Auto unverletzt geborgen und einem zutiefst erleichterten Ex-Kriminalmeister zurückgegeben wurde, der es immer wieder mit einem seligen Blick umrundete und sich überschwänglich bedankte. Außerdem habe sie Josten nur seine abartigen Wünsche erfüllt, weiter nichts. Das ließ sich schwerlich bestreiten. Auch für den Anruf bei Homann hatte sie eine Erklärung. Er hätte sie nach dem Tode Ihres Mannes angerufen und ihr ein todsicheres Investment vorgeschlagen, da wollte sie halt gerne mehr wissen. Doesburg glaubte ihr kein Wort, aber er konnte nichts beweisen. Vorerst nicht.

Frau Gnauser verschwand einige Tage später. Als man sie noch einmal befragen wollte, war das gelbe Haus in Bockum verwaist. Weitere Ermittlungen ergaben, dass die Best Treuhand Versicherungs-Compagnie ganz entgegen ihrem Ruf die gesamte Versicherungssumme an Frau Gnauser ausgezahlt hatte. Geschehen war dies auf eigenmächtige Veranlassung des Leiters der Rechtsabteilung, eines gewissen Falko Götz, der kurz danach ebenfalls auf Nimmerwiedersehen verschwand. Beides interessierte die Polizei nur am Rande, gegen Frau Gnauser lag nichts Handfestes vor und die Best Treuhand konnte nicht plausibel erklären, warum sie der Auffassung war, dass die Zahlung unberechtigt sei. Sie musste auch kurz darauf Insolvenz anmelden und war fortan mit sich selbst beschäftigt.

Gerold Homann starb. Er war einmal kurz aus dem Koma aufgewacht, hatte aber nichts Verwertbares von sich gegeben. Die Ärzte der Spezialklinik waren sich einig, dass es für Homann das Beste sei. Achtzig Prozent der Haut verbrannt, das Augenlicht für immer verloren – was wäre das für ein Leben? Nie mehr Auto fahren können ...

Der Anschlag auf Homann blieb rätselhaft. Doesburg versuchte, die Putzfrau ausfindig zu machen, die ihm bei seinem Besuch in Worpswede die Tür geöffnet hatte, aber es fanden sich keinerlei Unterlagen im Haus. Die Nachbarn hatten keinen Kontakt zu Homann gehabt und wussten nur, was für Autos Homann fuhr, nichts aber über seine Angestellten. Böhmermann verweigerte auch hier die Aussage und andere Bekannte oder gar Freunde von Homann tauchten in den weiteren Ermittlungen nicht auf. So blieb die Putzfrau ein Phantom. Vermutlich eine schwarz beschäftigte Aushilfskraft.

Doesburg hatte sich in seiner Verzweiflung dazu entschlossen, seine Beziehungen spielen zu lassen. Er nahm seinen ganzen Mut zusammen und marschierte schnurstracks wieder in das große VW-Vertriebszentrum zu dem Verkäufer, der ihn so unhöflich abgebügelt hatte, als er damals nach einem gebrauchten Polo gefragt hatte.

„Na, erkennen Sie mich wieder?"

Der nasebohrende Verkäufer war verdutzt.

„Nein, doch, Sie waren das doch letztens mit dem Polo ... also so einen habe ich immer noch nicht rein bekommen, so was gibt es gar nicht. Das habe ich Ihnen doch schon alles erklärt, Menschenskinders!"

„Richtig. Ich erkläre Ihnen jetzt auch mal was. Ich arbeite bei der Kripo und habe Sie gleich wiedererkannt. Na, wieder runter von dem Zeug? Die Bewährung läuft aber noch, oder?"

Die Gesichtszüge des Verkäufers verloren ihren Halt.

„Hören Sie, ich bin sauber, aber bitte, bitte sagen Sie nichts, die wissen hier nichts von der Sache und ganz ehrlich ..."

„Jaja, großes Junkie-Ehrenwort. Aber ich will mal nicht so sein. Ich schlage vor, Sie besorgen mir ein Auto und ich vergesse die Sache."

Doesburg zog den zerknitterten Spickzettel zu Rate.

„Hier steht's, nur zu Ihrer Erinnerung. Polo, maximal zwei Jahre alt, Diesel, Automatik, blau oder grün. Halber Neupreis, maximal. Hat meine Ex-Frau so gesagt und die versteht etwas davon. Und die nächsten zwei Jahre werden wir in Bezug auf Reparaturen wie eine Bewährungszeit behandeln. Nur damit wir uns verstehen: Sie haben Bewährung, nicht das Auto. Und schnell muss es gehen."

Er sah von dem Zettel auf.

„Ich brauche den Wagen sofort."

Der Verkäufer seufzte und begann schwitzend, die Datenbank zu durchforsten. Doesburg wusste: Diesmal würde es klappen. Und das Auto würde er so gut pflegen, dass er nie wieder ein Autohaus betreten müsste.

18

Sie hatte sich fest vorgenommen, bald in dieses Worpswede zu fahren und Mama zu suchen. Sie hatte sich eine Karte von Deutschland besorgt und festgestellt, dass es ziemlich weit oben lag, also weit weg von ihrer Heimat, aber das war ihr egal. Sie war jetzt 15 Jahre alt und es würde nicht mehr lange dauern, bis sie alleine reisen durfte. Sie hatte ihre beste Freundin Mirja eingeweiht, die würde natürlich mitkommen. Und zu zweit würde es ihnen gelingen, Mama wieder nach Hause zu holen. Papa hatte zwar keine Arbeit und sie lebten von der Hand in den Mund, aber es war hier trotzdem besser als woanders, wo sie jeder dumm anmachte, nur weil sie gerne ein bisschen Zukunft haben wollte und keinen Krieg. Sie hatte jeden Dinar zurückgelegt für ihre Reise.

Doch eines Tages im April kam Mama einfach zurück. Sie stand in der alten, staubigen Pforte ihres kleinen Häuschens am Rand von Ratkovac, das ihnen ihr Onkel überlassen hatte. Kein Wort darüber, wie sie hierher gefunden hatte, nichts über ihre Zeit im Krankenhaus, nichts über die Zeit in Deutschland und was sie da gemacht hatte.

Mama hatte Narben an den Händen, über die sie auch nicht sprach. Aber das hielt sie nicht davon ab, das Häuschen in Ordnung zu bringen. Sie musste nicht mehr kochen, wenn sie von der Schule nach Hause kam, Papa war auch wieder öfter zu Hause und er redete manchmal auch wieder belangloses Zeugs, ganz so wie früher.

Aber sie spürte, dass in Wirklichkeit nichts mehr so wie früher war.